山手绘POP系列教材

商业促销POP海报与爆炸签

王　猛　编著

北方联合出版传媒（集团）股份有限公司

辽宁美术出版社

图书在版编目(CIP)数据

商业促销POP海报与爆炸签/王猛编著.—沈阳：北方联合出版传媒（集团）股份有限公司　辽宁美术出版社，2010.5

ISBN 978-7-5314-4572-2

Ⅰ.①商…　Ⅱ.①王…　Ⅲ.①商业广告-宣传画-设计 Ⅳ.①J524.3

中国版本图书馆CIP数据核字（2010）第084342号

出 版 者：北方联合出版传媒（集团）股份有限公司
　　　　　辽宁美术出版社
地　　址：沈阳市和平区民族北街29号　邮编：110001
发 行 者：北方联合出版传媒（集团）股份有限公司
　　　　　辽宁美术出版社
印 刷 者：沈阳市博益印刷有限公司
开　　本：787mm×1092mm　1/16
印　　张：7.5
字　　数：100千字
出版时间：2010年5月第1版
印刷时间：2010年5月第1次印刷
封面设计：林　枫
版式设计：王　猛
责任编辑：林　枫
技术编辑：鲁　浪　徐　杰　霍　磊
责任校对：张亚迪
ISBN 978-7-5314-4572-2
定　　价：42.00元

邮购部电话：024-83833008
E-mail:lnmscbs@163.com
http://www.lnpgc.com.cn
图书如有印装质量问题请与出版部联系调换
出版部电话：024-23835227

point of purchase

本书由沈阳泰山艺拓广告传媒有限公司创立人泰山（王猛）精心编著；在商场或超市里，商家最常应用的就是POP海报和爆炸签，商品的价格、性能、促销活动及卖场氛围都是靠它们来体现的，市场的需求量越来越大，但市场上此类的产品及款式大多图案简单、陈旧，本书作者通过把多年来的商场企划及POP培训教学经验的综合，设计出多达千余款样式新颖且图案时尚的POP海报和爆炸签，大大填补了此类行业的空白，满足了广大商场企划及美工人员设计的需要。

本书标题字及插图全部手工绘制，图案背景和电脑设计把手绘与电脑的特征结合得更加完善。

本书可以作为广大商场企划及美工人员的参考设计书籍，同时也可作为众多POP用品生产厂家的宝贵资料。

2010年3月25日

沈阳泰山艺拓广告传媒有限公司

contents

目录

第一章　商业促销POP概述

1.商业促销POP简介

2.商业促销POP功能

3.商业促销POP分类

1.商业促销POP简介

商业促销POP是商场促进商品销售的一种最佳广告形式，可以这样理解，凡是应用于商场，提供有关商品信息，促使商品得以成功销售的所有广告、宣传品，都可以称为商业促销POP。

那么POP这三个英文的具体含义又是什么呢？其实POP是英文“Point of Purchase”的缩写，可以翻译成“购买点的广告”，又可以称为“店头广告”；它可以说是当今时尚很流行的新兴广告媒体。

POP起源于上世纪30年代的美国，第一次世界大战后，全球经济普遍低迷，市场也为之萧条不震，广告费用成为厂商及卖方极大的负担，再加上美国超市如雨后春笋般地兴起，因此，在经济、速度、机动性以及人力的考虑下，POP式广告逐渐攻占其他媒体，节庆需要它、售卖商品需要它、店面布置需要它，可以说它是一种最为实际、最为有效的广告形式。

上世纪60年代，POP传到日本、韩国等亚洲地区；一般而言，美国的POP广告着重在制造商的市场，可提供商场的帮助较少，而日本及韩国的POP则是随着经济的快速发展而起步，POP的侧重点也以商场的POP广告为主，所以大街小巷的商场较能呈现生动、活泼的气氛。

商场内的促销POP现今已经成为各个商家必不可少的、最为重要的促销手段之一，它不但可以给顾客提供商品的信息，而且可以更好地引导消费者进行消费，促进商品的销售。

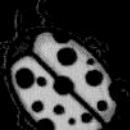

在我国古代早已经有了类似于现代POP的广告，如古代客栈、酒店外挂着的灯笼、旗帜等，打铁铺门前挂着的大刀、药铺门前挂着的膏药等，至今我们仍可以看见修车铺门口挂着的车圈、修锁铺门口挂着的大锁头等，都是具有该行业特色的广告宣传品。

我国的POP广告虽然起步较晚，但随着改革开放大力引进外资企业，国外的零售业也纷纷抢滩中国市场，他们在带来先进的经营理念的同时，也促进了国内POP行业的发展。

如今，POP广告的书籍也越来越多，POP的短期培训班也应运而生，甚至连一些大专院校都已开设POP课程；在我国经济发展较快的地区，一些商家招聘员工也把POP广告列为一项重要的考核标准，可见，POP广告的重要性不容忽视。

根据国外某大型超市所作的调查，POP对营业额的影响包括：

（一）固定位置的陈列有POP时(如特价品、新产品、推荐品)可相对增加营业额5％。

（二）具体的商品促销(如打7折或全场8折)可增加营业额23％。

（三）大量陈列的商品若有POP标示，可增加营业额42％。

（四）但是大量陈列的商品，如果两个礼拜都没有替换时，会减少营业额47％(大量陈列商品期限为一周)。

（五）倘若做三个礼拜时，营业额至少会减少74％。

POP广告在现代商业活动中的作用越来越重要，不少国家已将其列为除电视、报纸、广播、杂志四大媒体之外的第五大广告媒体。美国POP广告协会主席卡瓦勒(Kawala)指出：20世纪70年代是广告的时代，80年代是市场营销的时代，90年代以后是零售和促销的时代，其中POP广告是关键性的部分。

2.商业促销POP功能

商业促销POP之所以受到广大商家的推崇和应用，主要具备如下功能：

商业促销POP的功能

● 吸引过往的行人进入店内

现代社会生活节奏较快，漂亮且视觉冲击力极强的商业促销POP，可以在较短的时间内吸引消费者和顾客，向其展示商店的经营特色和经营个性等。

● 忠实地扮演促销员的角色

商业促销POP可以说是成本较为低廉的广告形式，也常被人称为“无声的促销员”，它既不会疲劳，也不会与顾客发生争执，而且永远默默地向顾客传递着商家的促销信息。

● 告之消费者卖场举办的各种活动

商业促销POP可以第一时间展示出卖场的一些促销、打折、优惠等活动，尤其是在过年及节假日等销售高峰期，它更是必不可少。

● 刺激消费者的购买欲望

顾客在销售现场的购买中，三分之二左右属非事先计划的随机购买，约三分之一为计划性购买，而有效的商业促销POP能激发顾客的随机购买，也能有效地促使计划性购买的顾客果断决策，实现即时即地的购买。

● 标明商品的价位

为消费者和顾客明确地标明商品价格，可以更好和有效地进行商品销售，尤其是在商业促销当中，标示出原价、折扣价、优惠价等信息后，更加增进消费者的购买欲望。

● 为顾客提供各种服务项目信息

商业促销POP具有较强的亲和力和更加的人性化，可以为商家向顾客提供一些基本的服务信息，如“温馨提示”、“服务须知”、“会员服务项目”等服务内容及细则。

● 装饰卖场，活跃整体气氛

商业促销POP可以根据不同的节日及季节，更换不同的颜色及版面内容，这样很容易和顾客产生共鸣，也能更好地为顾客提供一个优越的购物环境，同时让卖场的气氛更为活跃。

● 明确区分商品类别

商场或卖场，无论大小或项目多少，区域的划分是必不可免的，商业促销POP可以很明确地向消费者提示各个区域经营项目、类别等，让顾客更容易找到所需要购买的商品，同时也是对商场或卖场进行一个比较系统的规划。

● 说明商品的特点

让顾客详细地了解所购买商品的性能及特点非常重要，商业促销POP可以把商品的一些主要优点、功能展示出来，这样既方便顾客购买，同时也节省了向顾客进行解释和说明的时间，可以说一举多得。

商业促销POP的策划过程

商场或超级市场的任何商业促销POP都不是随意推出的，必须经过一个周密的策划过程，这样才能达到最佳的广告效果。

- 了解POP广告的背景因素，配合新商品上市活动，并以既定的广告策略为导向。
- 了解消费者需求，引发最有创意的商业促销POP，刺激和引导消费者。
- 商业促销POP必须集中视觉效果。
- 商业促销POP最好与媒体广告同时进行。
- 了解商场或超级市场和周边环境的消费者情况，并听取超级市场各种人员的建议作为商业促销POP制作的依据。
- 考虑好商业促销POP的功能、费用预算、持久性、制作品质、运输等问题的综合平衡。
- 计划好商业促销POP的时效性，因为商业促销POP是企业整体营销计划的一个组成部分，其时效性必须与营销计划同步。

商业促销POP的信息传达原则

商业促销POP作为商场或超级市场重要促销手段，必须十分重视其信息传达的准确性、逻辑性和艺术性。

- 准确性原则

广告是围绕着商品促销进行的，这就必须十分准确地把握超级市场这种零售企业的特征：日用品、便利性；准确地把握商品的特征：实用、廉价；准确地把握消费者的消费特征：顾客的类型、收入水平、对商品售价的反映。

- 逻辑性原则

商业促销POP是以视觉来传达企业的促销意图和信息的，因此，要符合逻辑地建立商业促销POP的视觉形象秩序，要杜绝视觉形象的过多和过滥。这就要建立卖场货架、装饰手段与商品之间的秩序关系，要做到井然有序、装饰与渲染有度。

- 艺术性原则

商业促销POP要达到的效果是促进销售，因此，在广告形式和宣传手段上必须“唯实”，而不能“唯美”，即不能不顾广告效果的实际而片面追求广告形式的纯美的艺术表现。

3.商业促销POP分类

商业促销POP在实际运用时，可以根据不同的标准对其进行划分。不同类型的商业促销POP，其功能也各有侧重。

常见的商业促销POP的种类

● 招牌类商业促销POP

它包括店面、布幕、旗子、横（直）幅、电动字幕，其功能是向顾客传达企业的识别标志，传达企业的销售活动信息，并渲染这种活动的气氛。

● 货架类商业促销POP

货架类商业促销POP是展示商品广告或立体展示售货，这是一种直接推销商品的广告。

● 招贴类商业促销POP

它类似于传递商品信息的海报，招贴商业促销POP要注意区别主次信息，严格控制信息量，建立起视觉上的秩序。

● 悬挂类商业促销POP

它包括悬挂在超级市场卖场中的气球、吊牌、吊旗、包装空盒、装饰物，其主要功能是创造卖场活泼、热烈的气氛。

● 标志类商业促销POP

它其实就是商品位置指示牌，它的功能主要是向顾客传达购物方向的流程和位置的信息。

● 包装类商业促销POP

它是指商品的包装具有促销和企业形象宣传的功能，例如附赠品包装，礼品包装，若干小单元的整体包装。

● 灯箱类商业促销POP

商场或超级市场中的灯箱类商业促销POP大多稳定在陈列架的端侧或壁式陈列架的上面，它主要起到指定商品的陈列位置和品牌专卖柜的作用。

在种类繁多的商业促销POP中，使用频率和有效率最高的就是爆炸签和海报的应用，这也是本书重点要讲述和展示的，这里我们先作以简单的介绍。

爆炸签

爆炸签顾名思义，就是一种爆炸形状的小标签，它同时是以标示商品价格或折扣内容为主，因其造型特殊，具有较强的视觉冲击力，从而受到商家的广泛应用。在现今的商场或超级市场里，爆炸签的形状不仅仅只局限于一种，而且展示的内容也从表示商品价格延伸到渲染气氛、提示等。

海报

海报面积较爆炸签要大一些，而且功能也更加全面，除了向顾客和消费者展示商品的名称、价格以外，更有渲染卖场气氛和展示商业促销活动内容等功能。它可以贴、可以挂，使用起来更为方便和实用，是各个商家必备的商业促销POP宣传品。

第二章 爆炸签

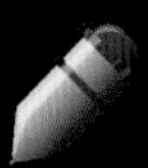

1. 种类及其规格

商业促销POP中，爆炸签几乎与商品销售密不可分，也是卖场内最为基本，使用数量较大的一种广告宣传品；爆炸签的种类很多，我们可以根据不同的需要来选择不同形式的爆炸签，也可以根据不同的商品选择不同的型号，下面就让我们了解一下卖场里常用爆炸签的几种类别及其规格。

常用爆炸签的种类有气氛类、标价类、折扣类、季节类、节庆类和提示类六种。

A.气氛类爆炸签

气氛类爆炸签主要以烘托和营造卖场购物氛围为主，如“新款上市”、“全场热卖”等，简捷的且富有煽动性文字和醒目的背景图案为主要组成元素。

气氛类爆炸签多为圆形，常用的规格有大、中、小三个型号。大号尺寸直径为162mm，中号尺寸直径为116mm，小号尺寸直径为66mm。

大号：直径为162mm

中号：直径为116mm

小号：直径为66mm

B.标价类爆炸签

标价类爆炸签主要以标明商品价格为主，所以其内部要留出适当的空间书写数字。

标价类爆炸签里面又可以分为两种，一种是用马克笔后期书写数字，另一种是预留好四位数字的空白轮廓，后期进行颜色填充。

爆炸签中数字部分可以根据具体需要采用马克笔直接填充，从0～9都可以表现，极为方便。

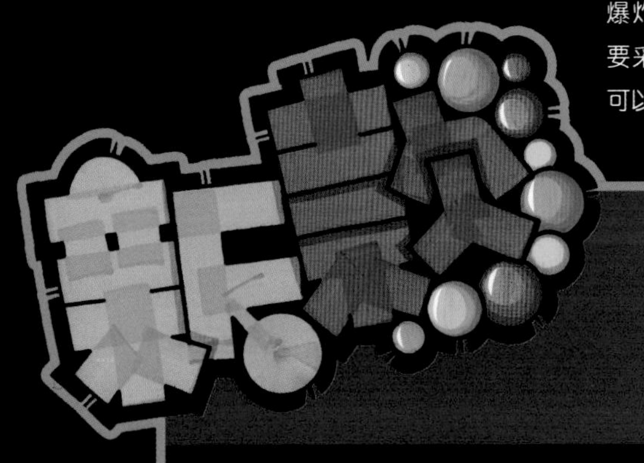

这两种爆炸签的常用规格为大、中、小三个型号，尺寸分别为205mm × 160mm、160mm × 110mm，75mm × 55mm。

C.折扣类爆炸签

折扣类爆炸签主要以标明折扣为主，其内容通常为一折至九折之间。

折扣类爆炸签里面也可以分为两种，一种是用马克笔后期书写数字，另一种是预留好四位数字的空白轮廓，后期进行颜色填充。其规格也为大、中、小三个型号，直径分别为162mm，116mm，66mm。

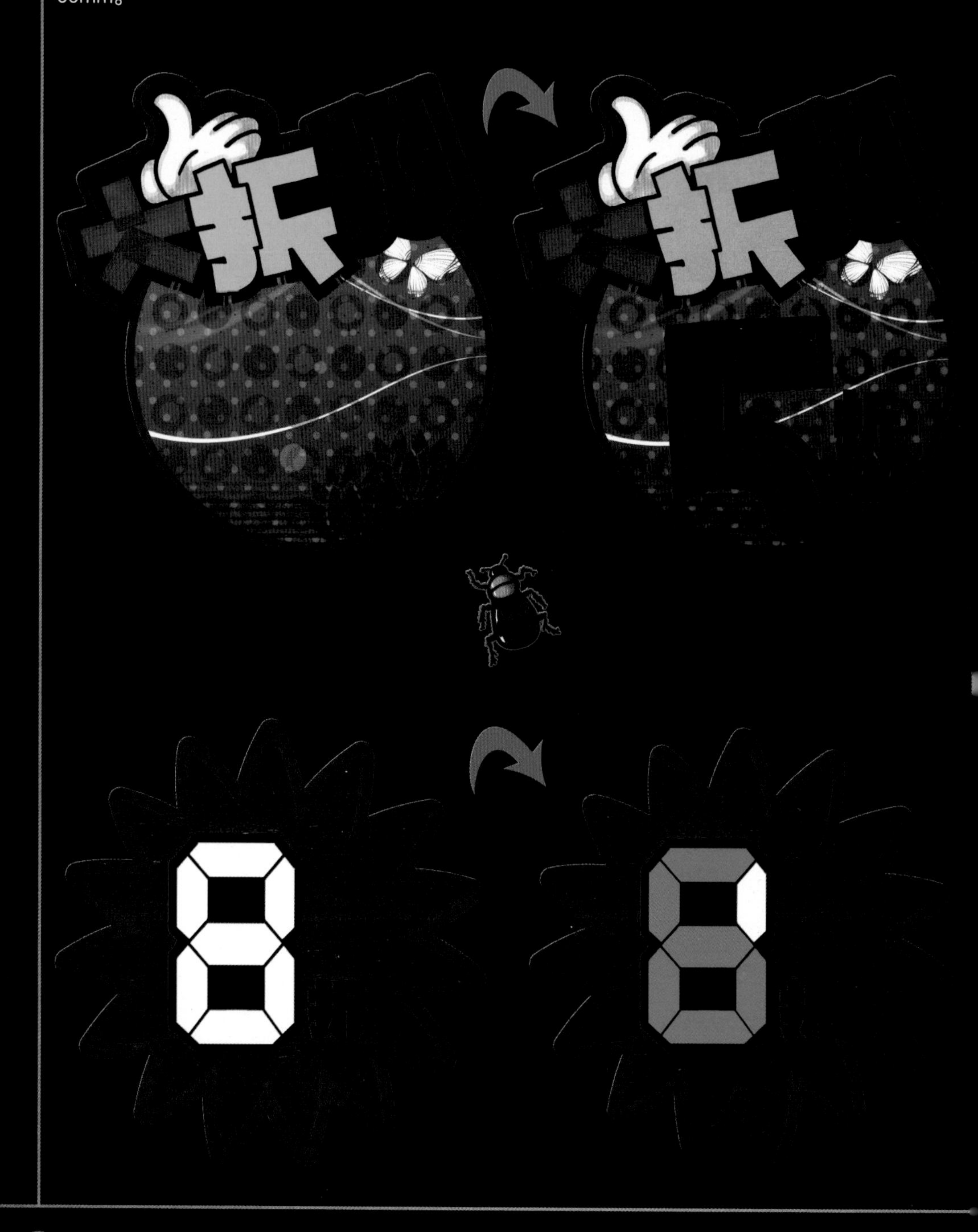

D.季节类爆炸签

季节类爆炸签主要以季节性的商业促销内容为主，比如“春装上市”、“夏日倾情”等。

季节类爆炸签常用的规格含大、中、小三个型号，大号直径为162mm，中号直径为116mm，小号直径为66mm。

季节类爆炸签还有一种是可以在上面用马克笔书写相关的商品促销信息，这种形式的季节类爆炸签也有大、中、小三个型号，大号尺寸为205mm × 160mm，中号尺寸为160mm × 110mm，小号尺寸为75mm × 55mm。

E. 节庆类爆炸签

节庆类爆炸签主要分为两种，一种是以各种节日为主题进行商品促销的宣传，比如“儿童节特惠”、“妇女节促销”等，另一种则是以各种庆典活动为主题，比如“周年店庆”、“开业特惠”等。

节庆类爆炸签里第一种以各种节日为主题的爆炸签，常用的规格为大、中、小三个型号，大号尺寸直径为162mm，中号尺寸直径为116mm，小号尺寸直径为66mm。

节庆类爆炸签里第二种以各种庆典为主题的爆炸签，通常需要书写一些促销的内容，常用的规格为大、中、小三个型号，大号尺寸为205mm × 160mm，中号尺寸为160mm × 110mm，小号尺寸为75mm × 55mm。

F.提示类爆炸签

提示类爆炸签主要以提示或警示性的内容为主，比如“小心地滑”、“顾客止步”等，此类题材的爆炸签多以长方形为主。

提示类爆炸签常用的规格为大、中、小三个型号，大号尺寸为205mm×160mm，中号尺寸为160mm×110mm，小号尺寸为75mm×55mm。

有的时候提示类爆炸签需要后期在上面用马克笔书写一些文字信息，如“温馨提示”等，这种形式的提示类爆炸签也有大、中、小三个型号，大号尺寸为205mm×160mm，中号尺寸为160mm×110mm，小号尺寸为75mm×55mm。

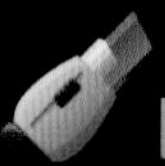

2.气氛类爆炸签

气氛类爆炸签常用的主题有：新款、新款上市、新品、新品上市、挥泪甩卖、挥泪拍卖、拍卖狂潮、低价狂潮、抢鲜上市、捡便宜、大抢购、抢购风暴、抢购中、赔钱卖、热情上市、热情推出、热情登场、热情推荐、贴心特卖、倾情回馈、回馈特卖、跳楼拍卖、新出品、新制品、促销品、赠品、推荐品、店长推荐、畅销产品、大放送、大赠送、大甩卖、狂甩中、大折扣、特卖会、精品、特卖品、上市啦、好礼送、火热上市、火热推出、火热促销、火热抢购、特价商品、粉墨登场等。

2-2-001　2-2-002　2-2-003

2-2-004　2-2-005　2-2-006

2-2-007　2-2-008　2-2-009

2-2-010

2-2-011

2-2-012

2-2-013

2-2-014

2-2-015

2-2-016

2-2-017

2-2-018

2-2-019

2-2-020

2-2-021

2-2-022

2-2-023

2-2-024

2-2-025

2-2-026

2-2-027

2-2-028

2-2-029

2-2-030

2-2-031

2-2-032

2-2-033

2-2-034

2-2-035

2-2-036

2-2-037

2-2-038

2-2-039

2-2-040

2-2-041

2-2-042

2-2-043

2-2-044

2-2-045

2-2-046

2-2-047

2-2-048

2-2-049

2-2-050

2-2-051

2-2-052

2-2-053

2-2-054

2-2-055

2-2-056

2-2-057

2-2-058

2-2-059

2-2-060

2-2-061

2-2-062

2-2-063

2-2-064

2-2-065

2-2-066

2-2-067

2-2-068

2-2-069

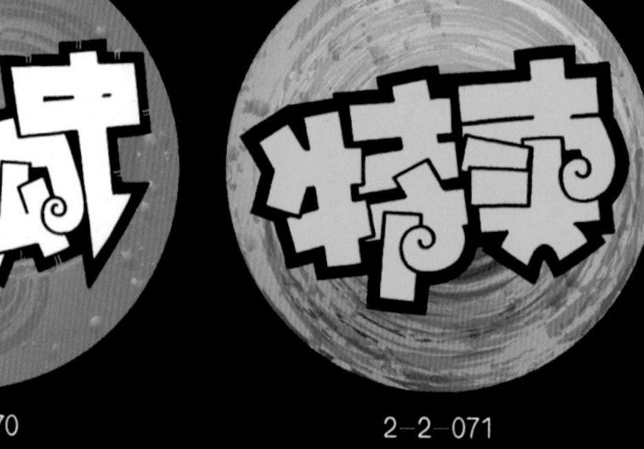

2-2-070　　2-2-071　　2-2-072

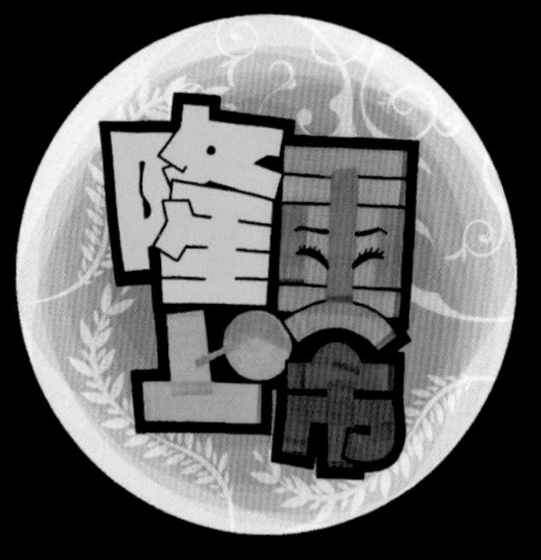

2-2-073　　2-2-074　　2-2-075

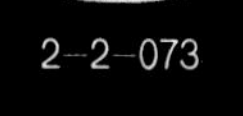

2-2-076　　2-2-077　　2-2-078

2-2-079　　2-2-080　　2-2-081

2-2-082

2-2-083

2-2-084

2-2-085

2-2-086

2-2-087

2-2-088

2-2-089

2-2-090

2-2-091

2-2-092

2-2-093

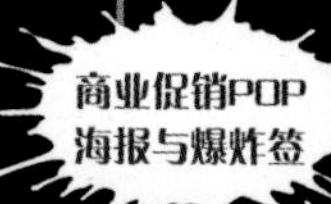

2-2-094

2-2-095

2-2-096

2-2-097

2-2-098

2-2-099

2-2-100

2-2-101

2-2-102

2-2-103

2-2-104

2-2-105

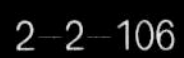

2-2-106

2-2-107

2-2-108

2-2-109

2-2-110

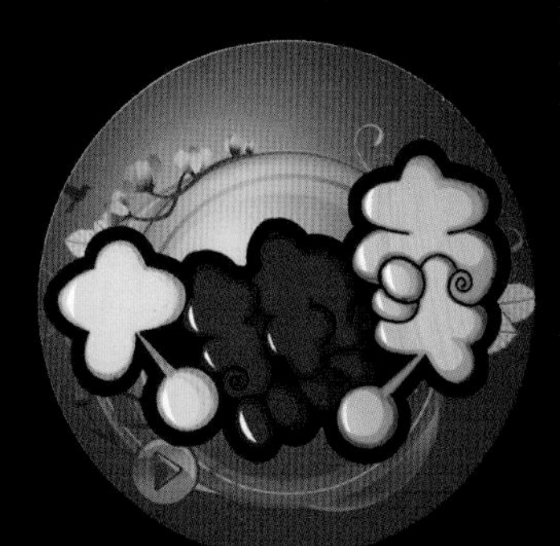

2-2-111

2-2-112

2-2-113

2-2-114

2-2-115

2-2-116

2-2-117

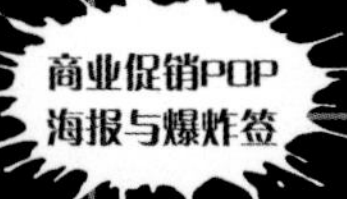

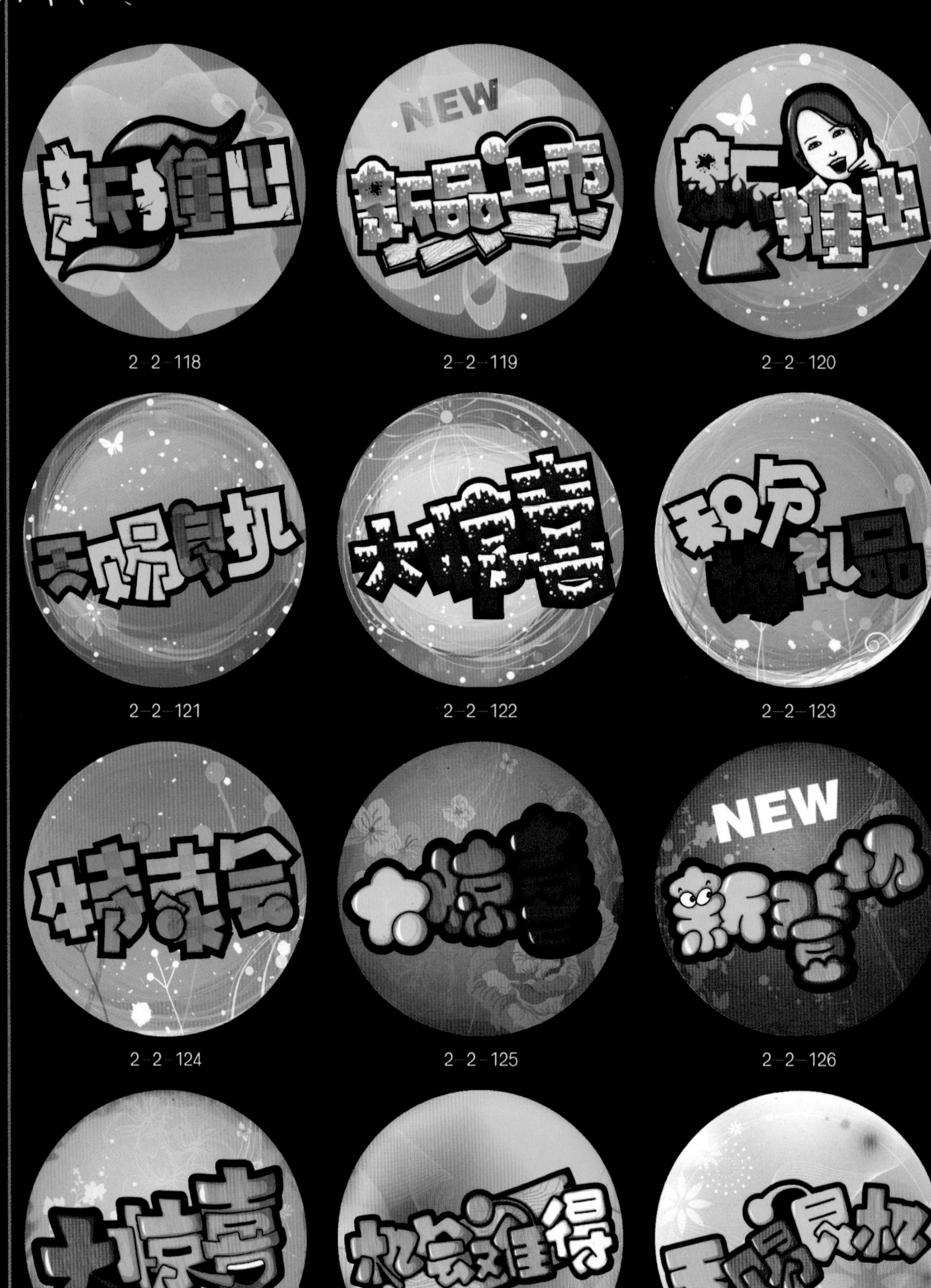

2-2-118 2-2-119 2-2-120

2-2-121 2-2-122 2-2-123

2-2-124 2-2-125 2-2-126

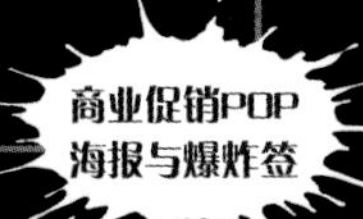

2-2-130

2-2-131

2-2-132

2-2-133

2-2-134

2-2-135

2-2-136

2-2-137

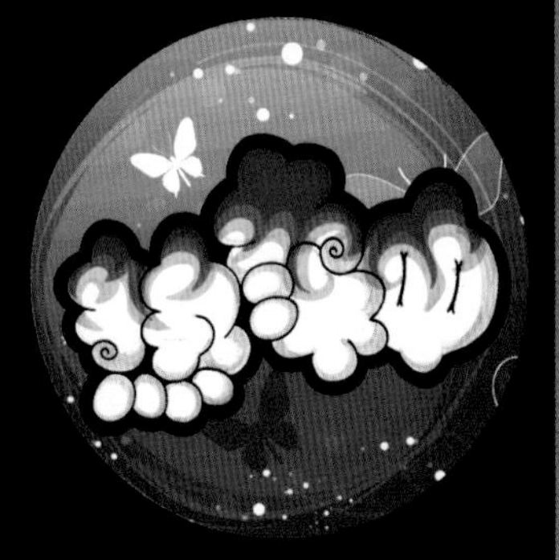

2-2-138

2-2-139

2-2-140

2-2-141

3.标价类爆炸签

标价类爆炸签常用的主题有：特价、大特价、天天特价、每日特价、特价时代、特价潮、特价风暴、心动特价、每周特价、超特价、超级特价、超低价、超值价、促销价、惊爆价、惊喜价、震撼价、批发价、大减价、会员价、热卖价、一口价、劲爆价、清仓大减价、最低价、天天平价等。

2-3-001

2-3-002

2-3-003

2-3-004

2-3-005

2-3-006

2-3-007

2-3-008

2-3-009

2-3-010

2-3-011

2-3-012

2-3-013

2-3-014

2-3-015

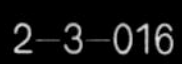

2-3-016

2-3-017

2-3-018

2-3-019

2-3-020

2-3-021

2-3-022

2-3-023

2-3-024

2-3-025

2-3-026

2-3-027

2-3-028

2-3-029

2-3-030

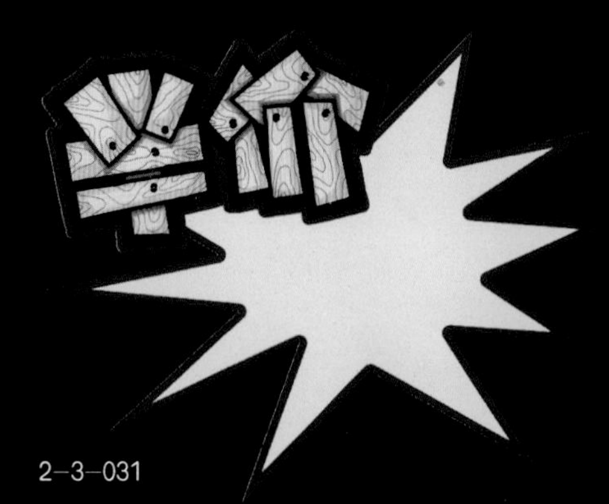

2-3-031

2-3-032

2-3-033

2-3-034

2-3-035

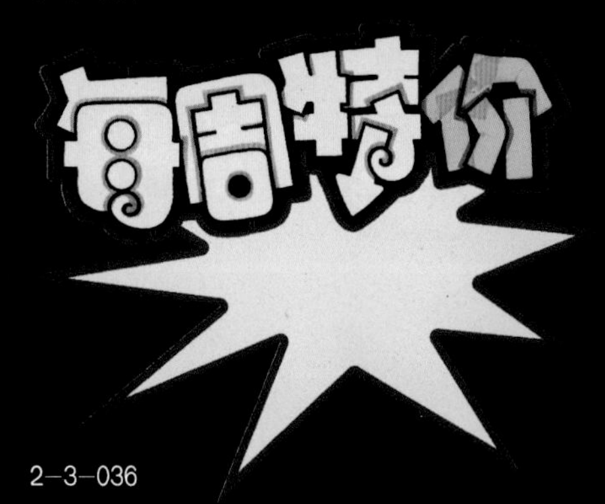

2-3-036

2-3-037

2-3-038

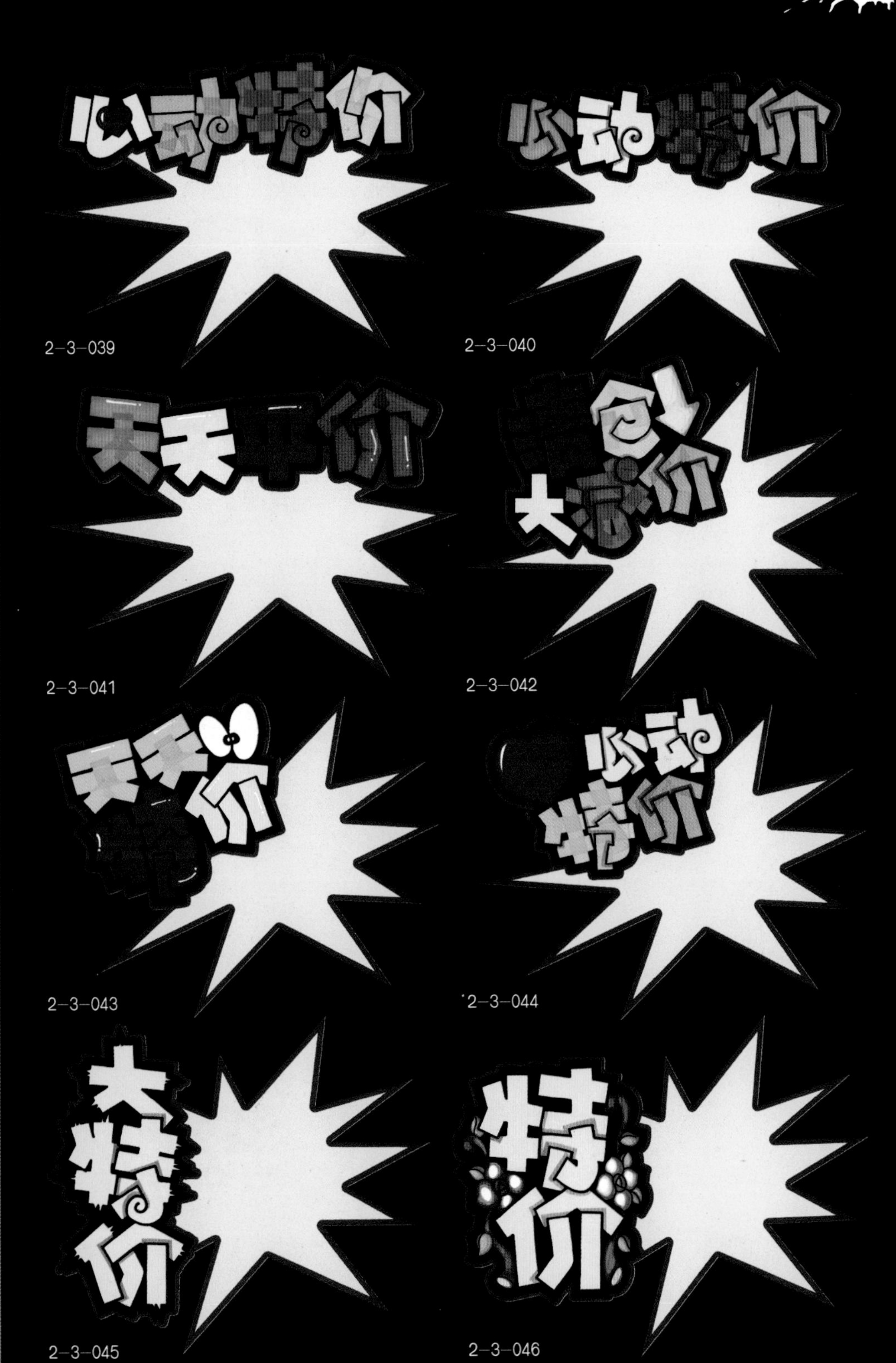

2-3-039

2-3-040

2-3-041

2-3-042

2-3-043

2-3-044

2-3-045

2-3-046

2-3-047

2-3-048

2-3-049

2-3-050

2-3-051

2-3-052

2-3-053

2-3-054

2-3-055

2-3-056

2-3-057

2-3-058

2-3-059

2-3-060

2-3-061

2-3-062

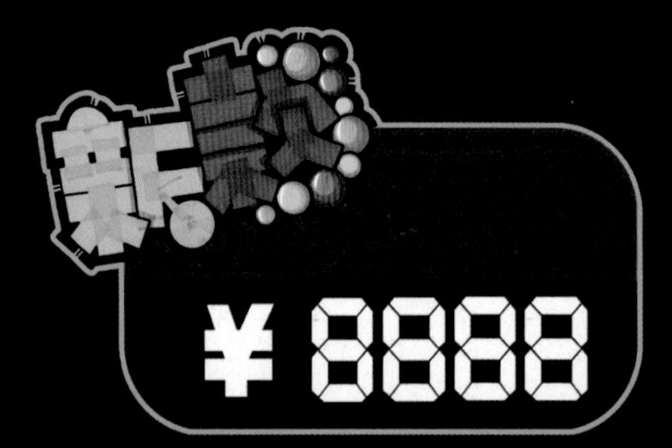

2-3-063

2-3-064

2-3-065

2-3-066

2-3-067

2-3-068

2-3-069

2-3-070

2-3-071

2-3-072

2-3-073

2-3-074

2-3-075

2-3-076

2-3-077

2-3-078

2-3-079

2-3-080

2-3-081

2-3-082

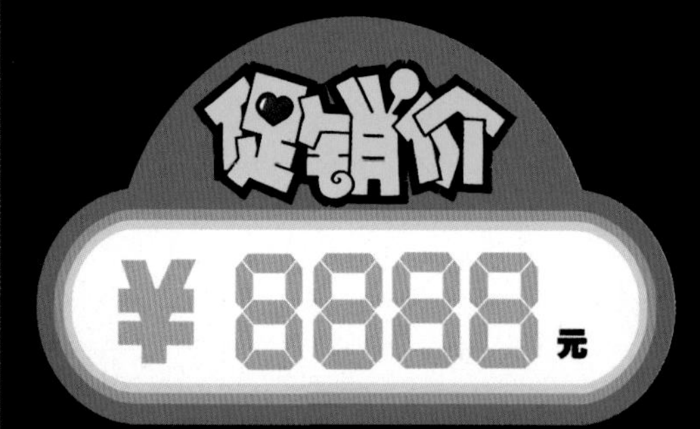

2-3-085

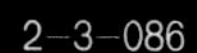

2-3-086

2-3-087

2-3-088

2-3-089

2-3-090

2-3-091 2-3-092 2-3-093

2-3-094 2-3-095 2-3-096

2-3-097 2-3-098 2-3-099

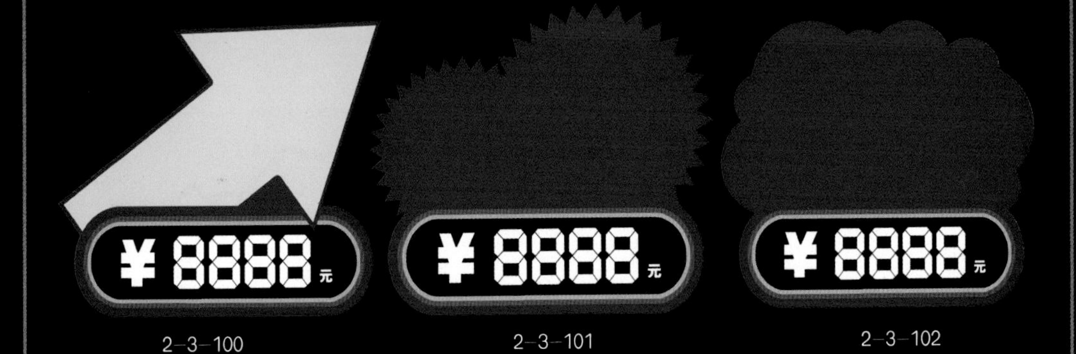

2-3-100 2-3-101 2-3-102

2-3-103

2-3-104

2-3-105

2-3-106

2-3-107

2-3-108

2-3-109

2-3-110

2-3-111

2-3-112

2-3-113

2-3-114

2-3-115

2-3-116

2-3-117

2-3-118

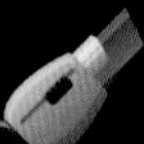

4.折扣类爆炸签

折扣类爆炸签常用的主题有：大折扣、心动大折扣、折扣中、低折扣、折扣、折上折、打折啦、折扣日、折扣月、折扣周、折扣商品等。

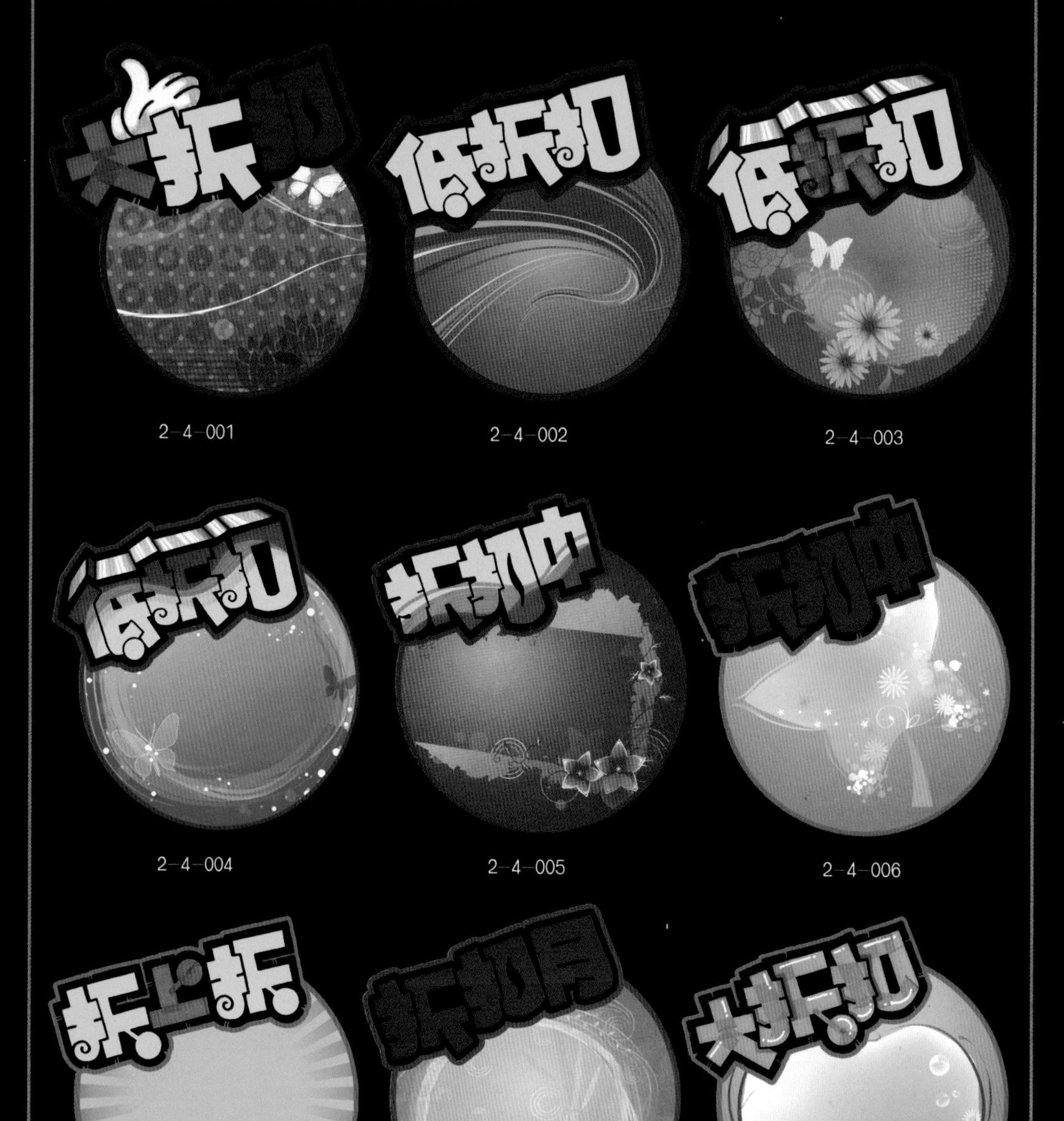

2-4-001　2-4-002　2-4-003

2-4-004　2-4-005　2-4-006

2-4-007　2-4-008　2-4-009

2-4-010

2-4-011

2-4-012

2-4-013

2-4-014

2-4-015

2-4-016

2-4-017

2-4-018

2-4-019

2-4-020

2-4-021

2-4-022

2-4-023

2-4-024

2-4-025

2-4-026

2-4-027

2-4-028

2-4-029

2-4-030

2-4-031

2-4-032

2-4-033

2-4-034

2-4-035

2-4-036

2-4-037

2-4-038

2-4-039

2-4-040

2-4-041

2-4-042

2-4-043

2-4-044

2-4-045

2-4-046

2-4-047

2-4-048

2-4-049

2-4-050

2-4-051

2-4-052

2-4-053

低折扣

2-4-054

2-4-055

2-4-056

2-4-057

2-4-058

2-4-059

2-4-060

2-4-061

2-4-062

2-4-063

2-4-064

2-4-065

2-4-066

2-4-067

2-4-068

2-4-069

2-4-070

2-4-071

2-4-072

2-4-073

2-4-074

2-4-075

2-4-076

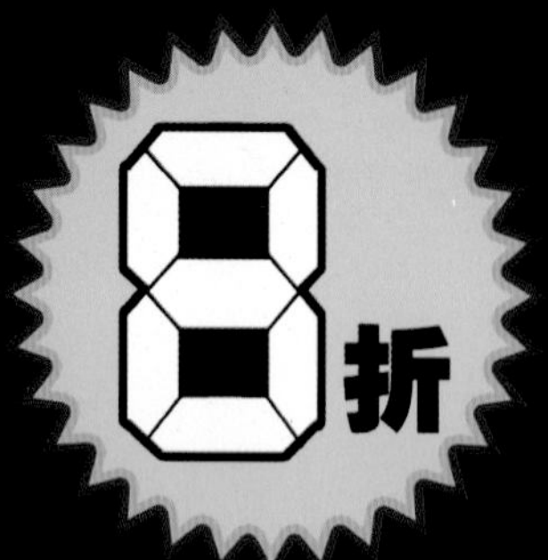

2-4-077

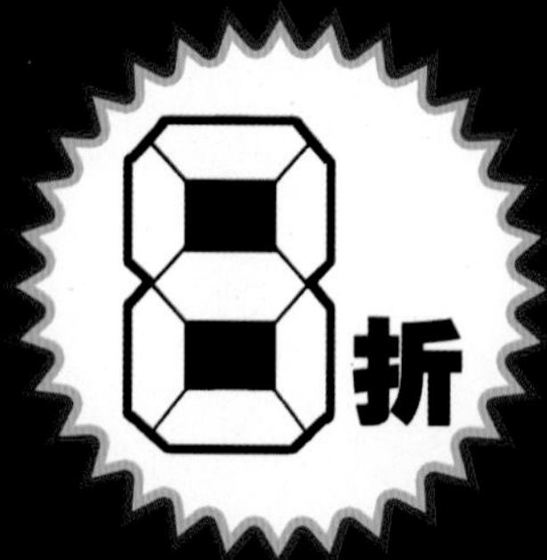

2-4-078

2-4-079

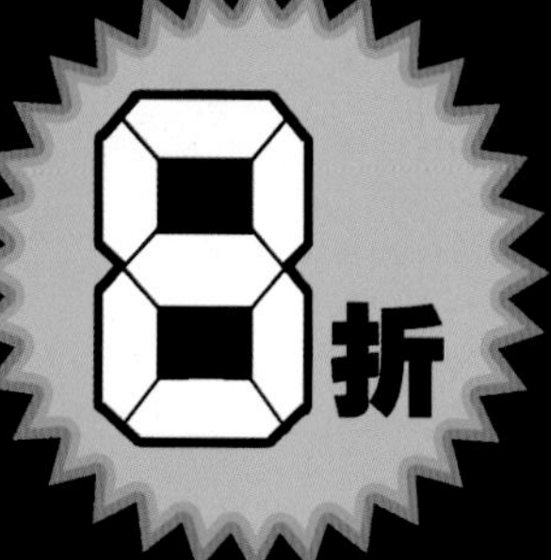

2-4-080

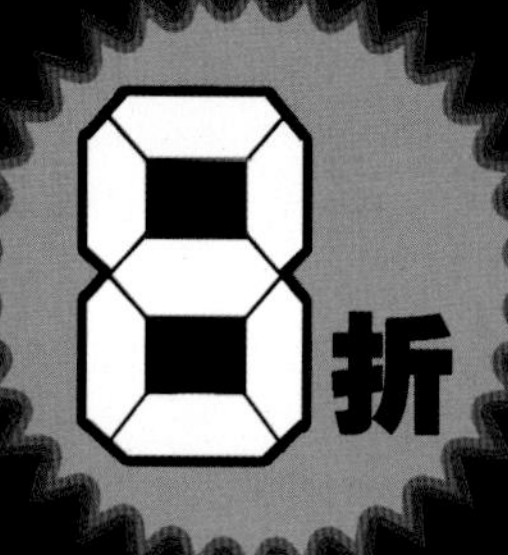

2-4-081

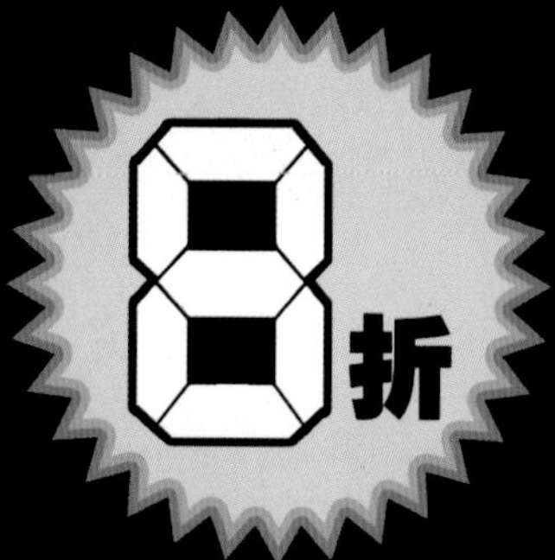

2-4-082

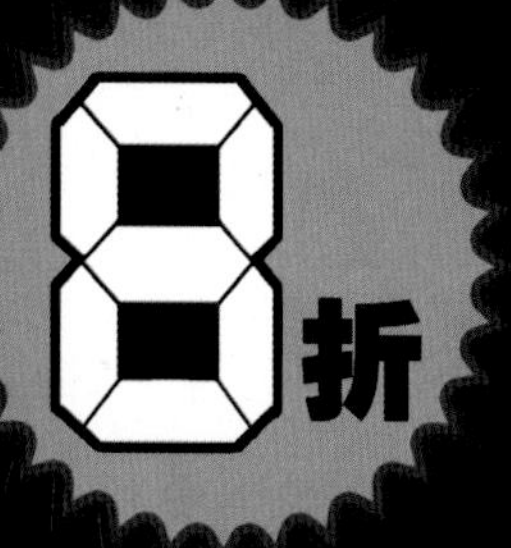

2-4-083

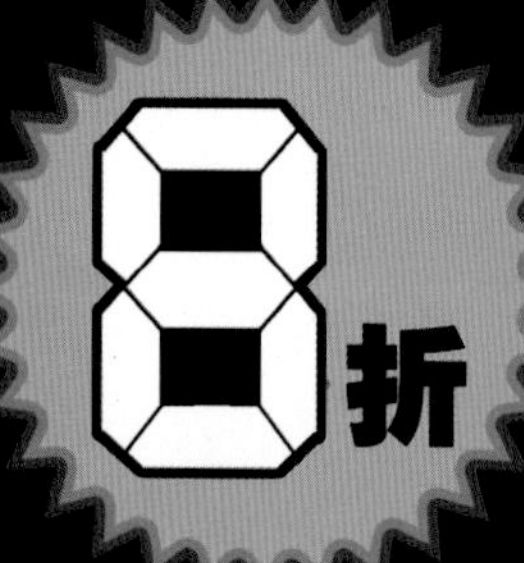

2-4-084

2-4-085

2-4-086

2-4-087

2-4-088

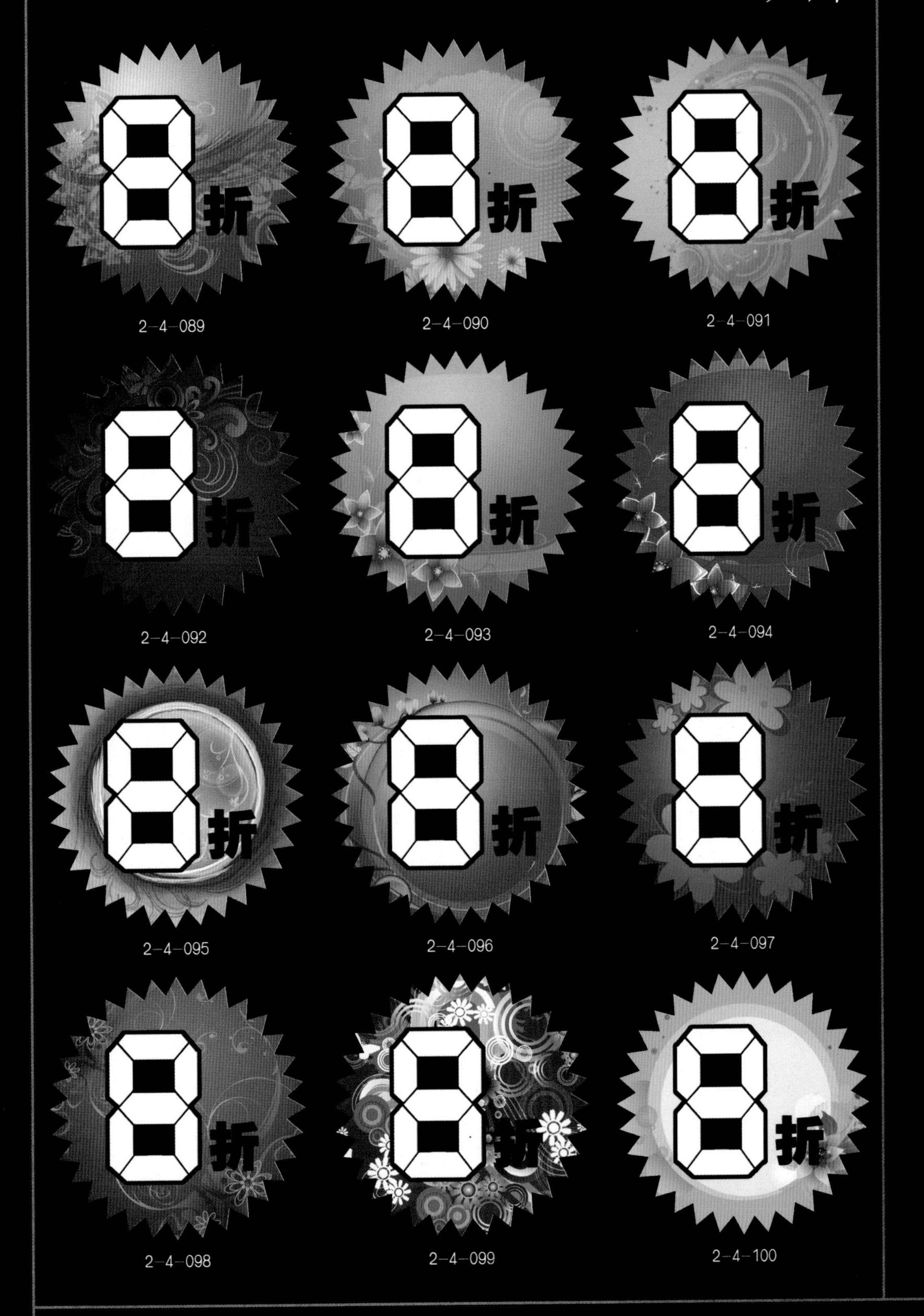

2-4-089 2-4-090 2-4-091

2-4-092 2-4-093 2-4-094

2-4-095 2-4-096 2-4-097

2-4-098 2-4-099 2-4-100

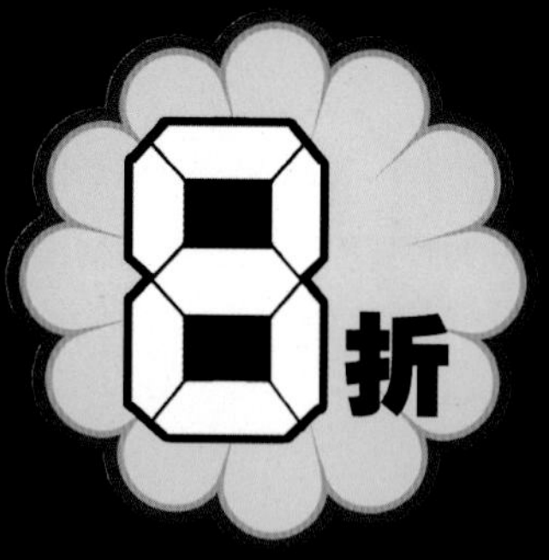

2-4-101

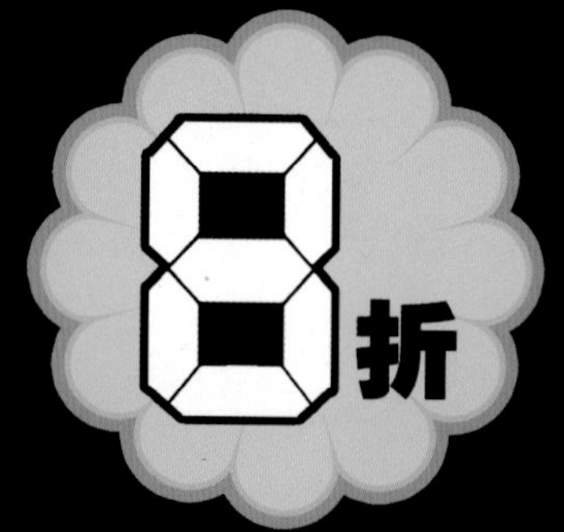

2-4-102

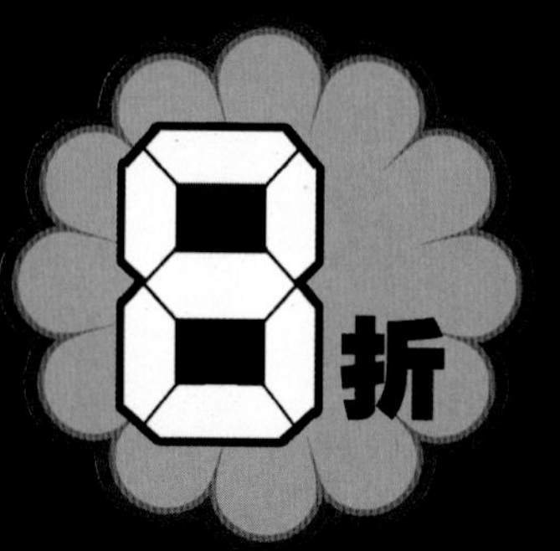

2-4-103

2-4-104

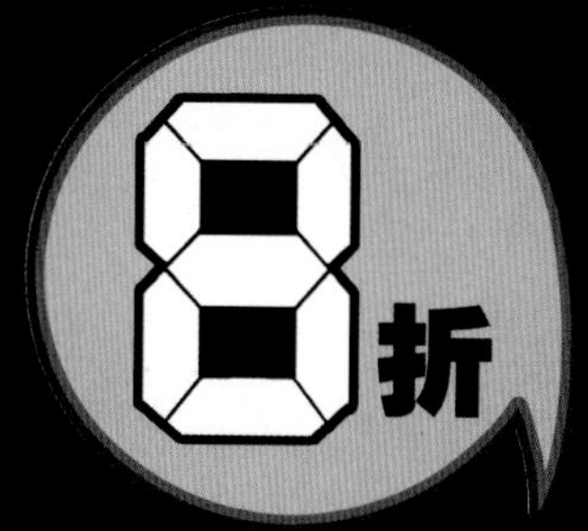

2-4-105

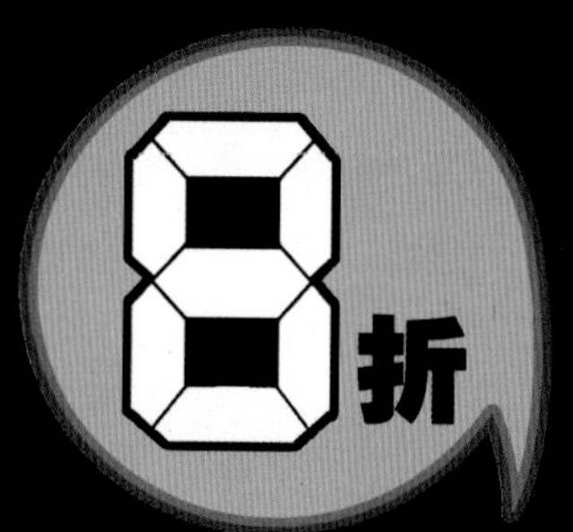

2-4-106

2-4-107

2-4-108

2-4-109

2-4-110

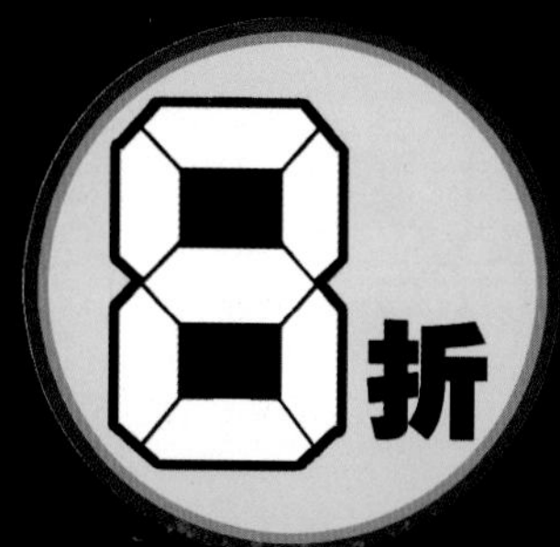

2-4-111

2-4-112

2-4-113

2-4-114

2-4-115

2-4-116

2-4-117

2-4-118

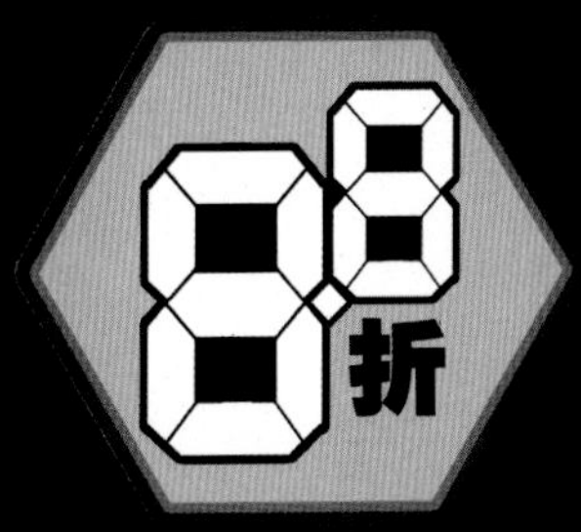

2-4-119

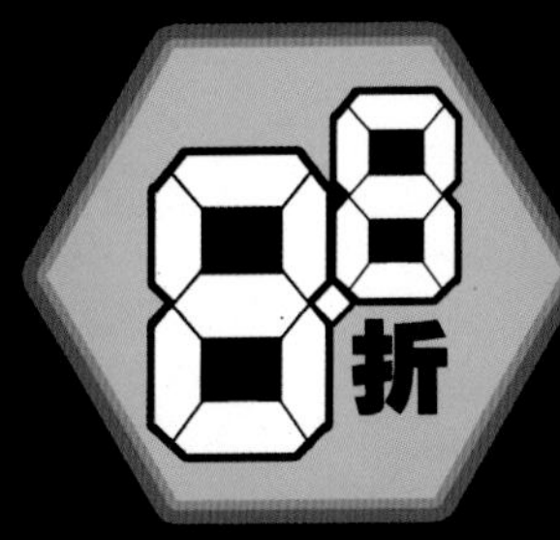

2-4-120

2-4-121

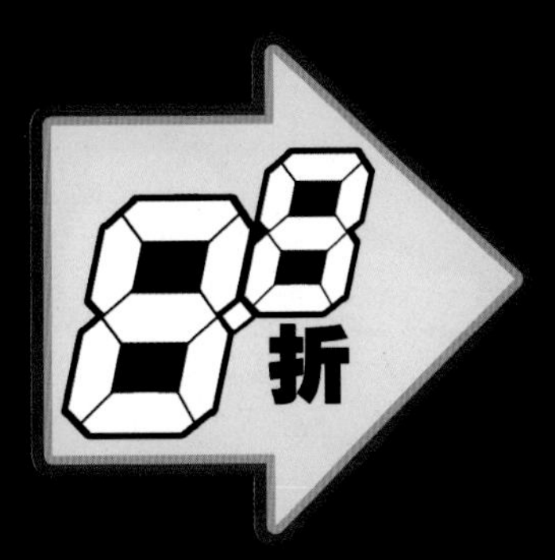

2-4-122

2-4-123

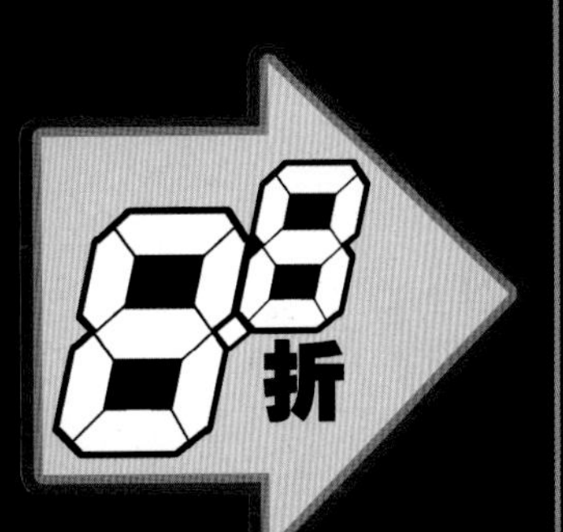

2-4-124

5.季节类爆炸签

季节类爆炸签常用的主题有：春季新款、春装上市、春季热卖、春装登场、春季拍卖、春季新货、春日倾情、春意盎然、夏季新款、夏装上市、夏季热卖、夏装登场、夏季拍卖、夏季新货、夏日倾情、盛夏的果实、清凉夏日、清凉一夏、火热夏季、热情夏日、秋季新款、秋季热卖、秋装登场、秋季特卖、秋季新货、秋日倾情、秋天的收获、浪漫秋季、深秋热卖、冬季新款、冬装上市、冬装登场、冬季新货、冬日倾情、温暖寒冬、冬季拍卖、冬季清仓、换季了、换季拍卖、换季清仓、季末出清、季末甩卖、季末促销、季末狂甩等。

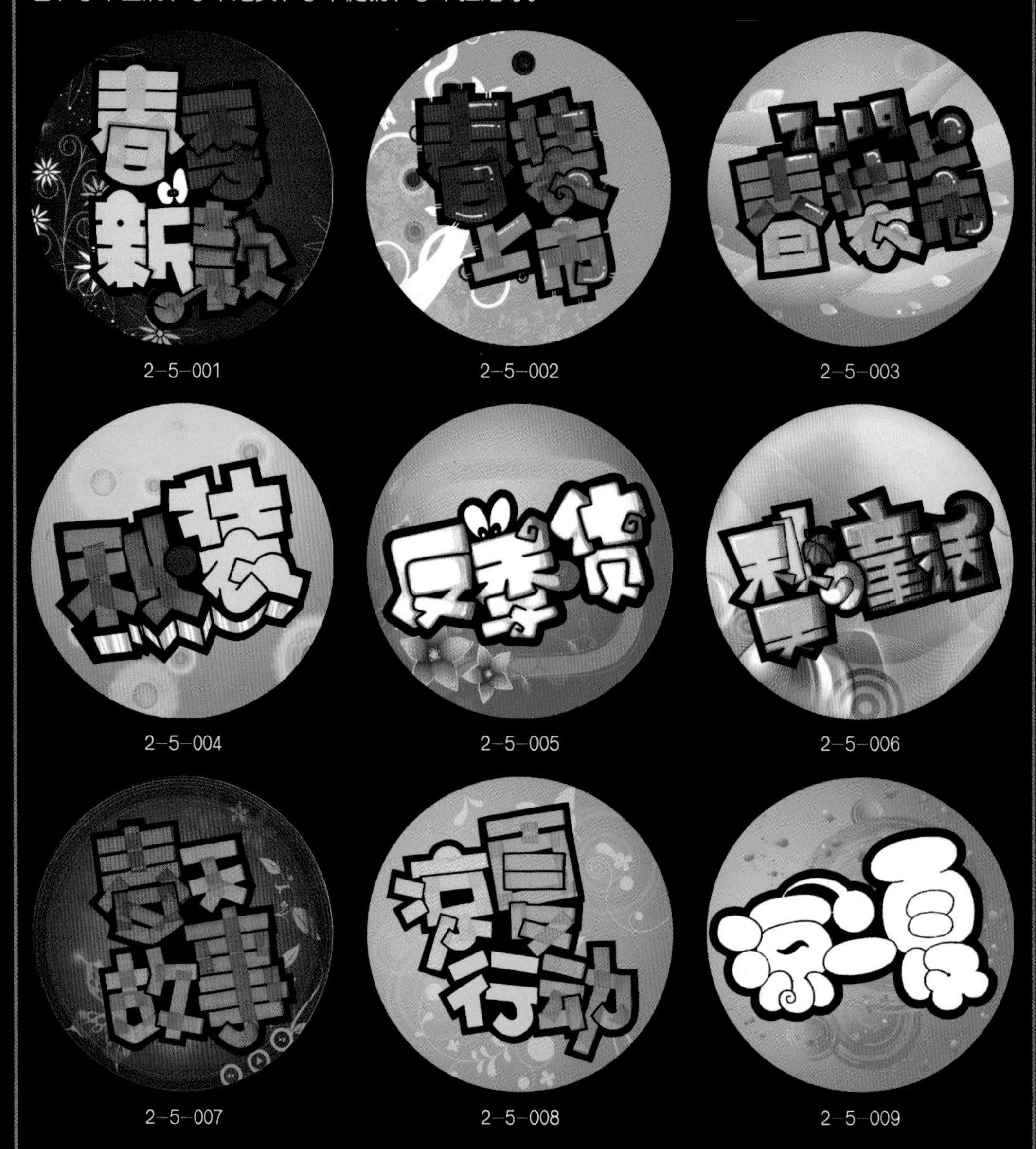

2-5-001　2-5-002　2-5-003

2-5-004　2-5-005　2-5-006

2-5-007　2-5-008　2-5-009

2-5-010

2-5-011

2-5-012

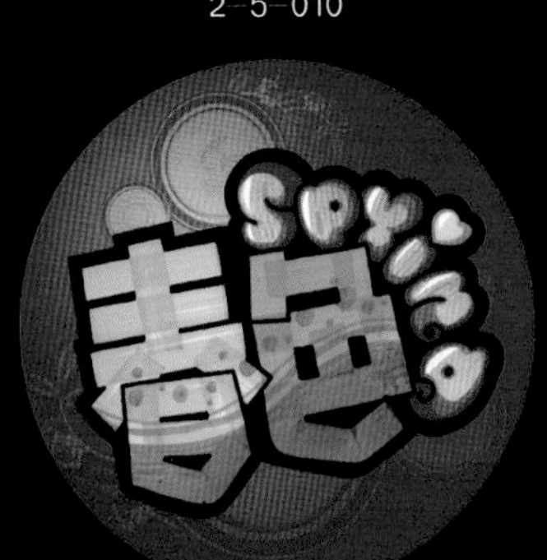

2-5-013

2-5-014

2-5-015

2-5-016

2-5-017

2-5-018

2-5-019

2-5-020

2-5-021

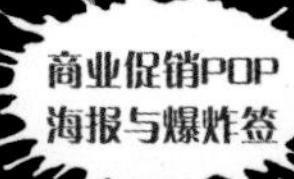

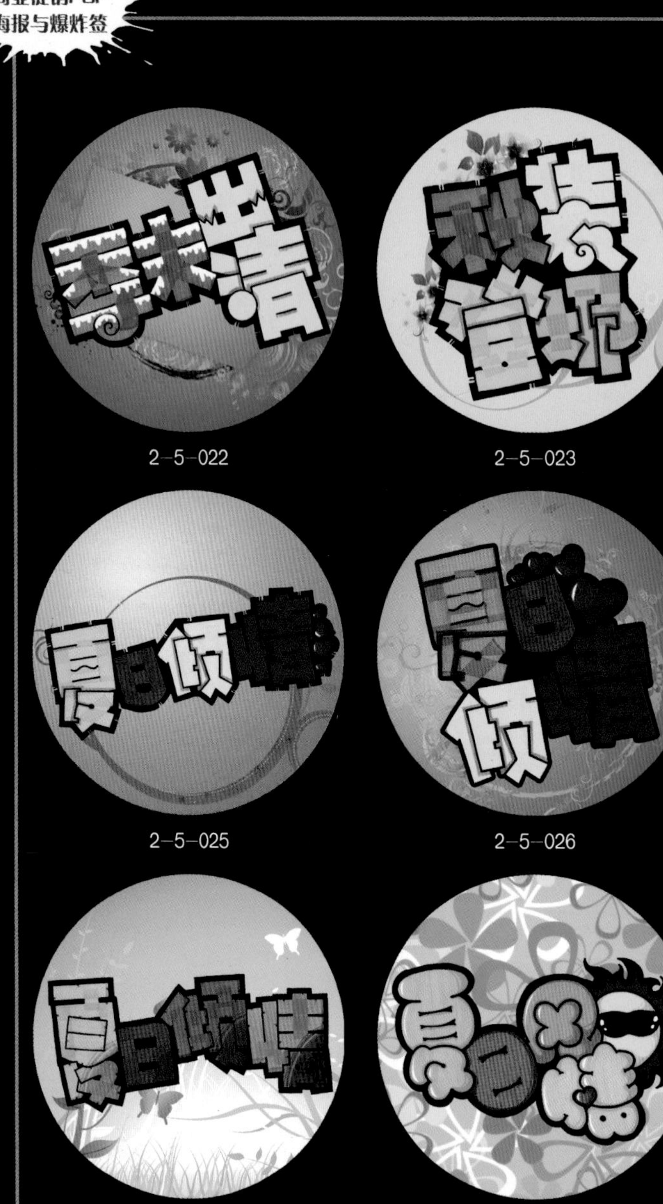

2-5-022

2-5-023

2-5-024

2-5-025

2-5-026

2-5-027

2-5-028

2-5-029

2-5-030

2-5-031

2-5-032

2-5-033

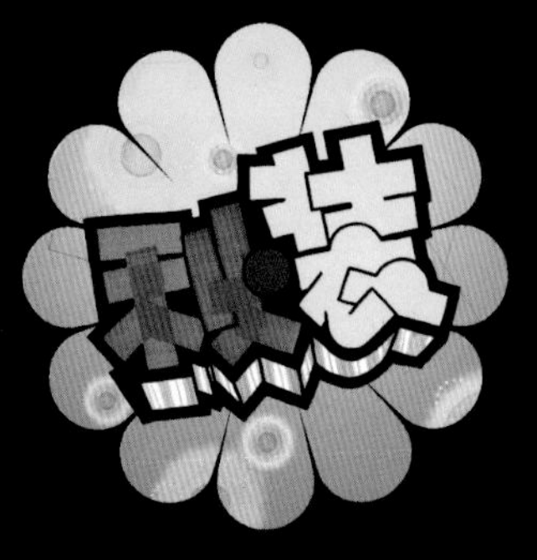

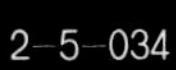

2-5-034

2-5-035

2-5-036

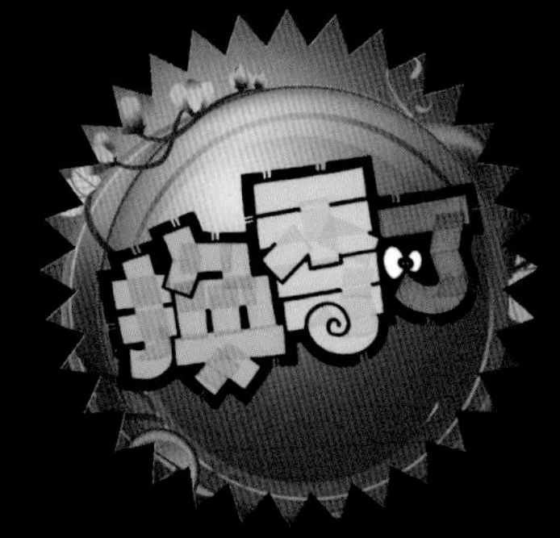

2-5-037

2-5-038

2-5-039

2-5-040

2-5-041

2-5-042

2-5-043

2-5-044

2-5-045

2-5-046

2-5-047

2-5-048

2-5-049

2-5-050

2-5-051

2-5-052

2-5-053

2-5-054

2-5-055

2-5-056

2-5-057

2-5-058

2-5-059

2-5-060

2-5-061

6. 节庆类爆炸签

节庆类爆炸签里节日常用的主题有：春节好、新年好、新年快乐、新春大吉、情人节、元宵节、三八妇女节、愚人节、清明节、劳动节、青年节、母亲节、儿童节、父亲节、端午节、建军节、教师节、中秋节、国庆节、重阳节、万圣节、感恩节、圣诞节等，另外，还有一些不是很主要的节日也比较常用，如冰雪节、冰雕节、动漫节、爱你日、爱眼日、电影节、螃蟹节、啤酒节、读书节等。

节庆类爆炸签里庆典常用的主题包括：生日庆典、开业庆典、周年庆典、结婚庆典、乔迁庆典、电影首映庆典、毕业庆典、开学庆典、酬宾庆典、重大事件庆典（如奥运会、香港回归、亚运会、世博会、申遗成功）等，另外，还有一些以商家为主的庆典题材，如嘉年华等。

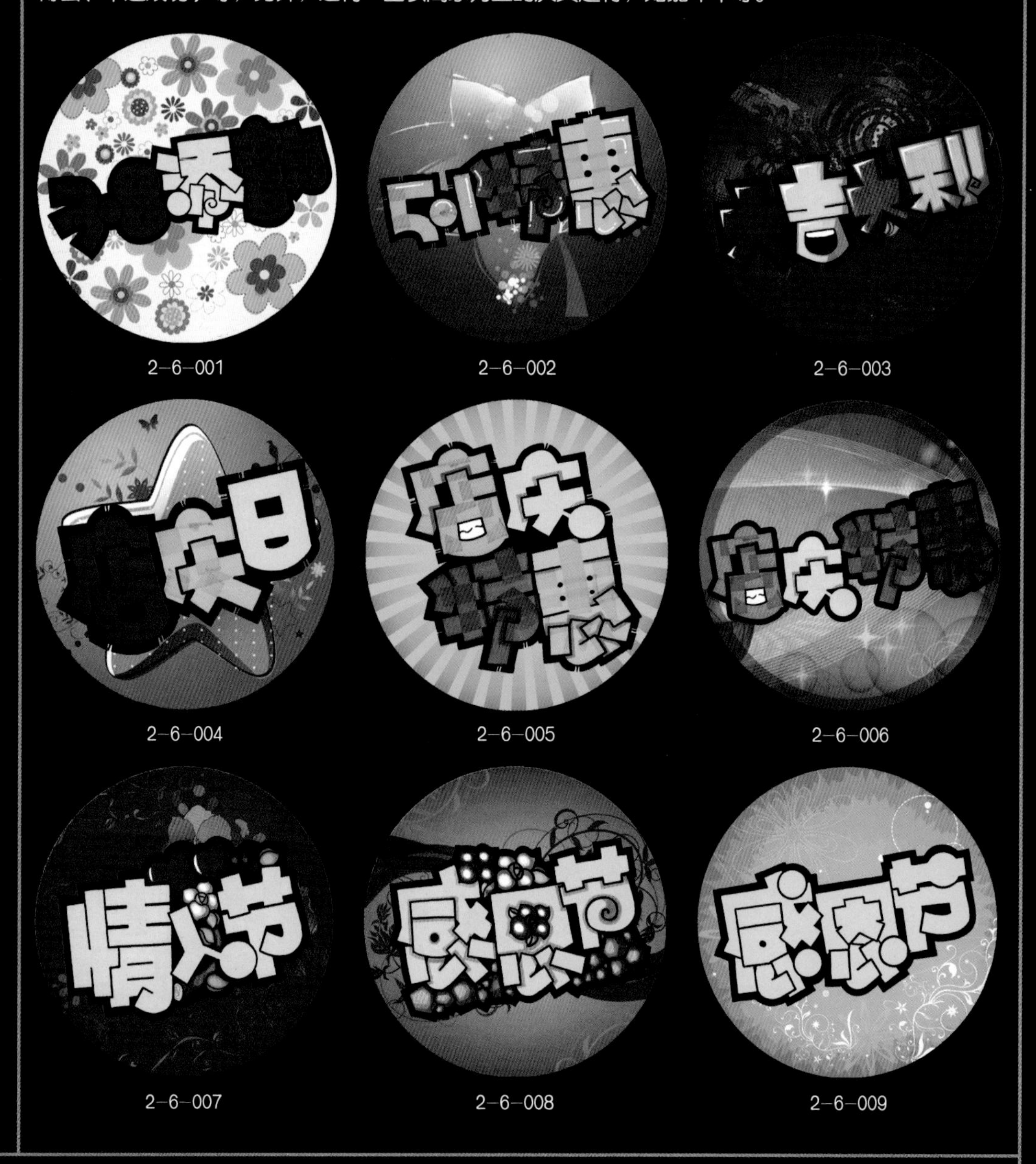

2-6-001 2-6-002 2-6-003

2-6-004 2-6-005 2-6-006

2-6-007 2-6-008 2-6-009

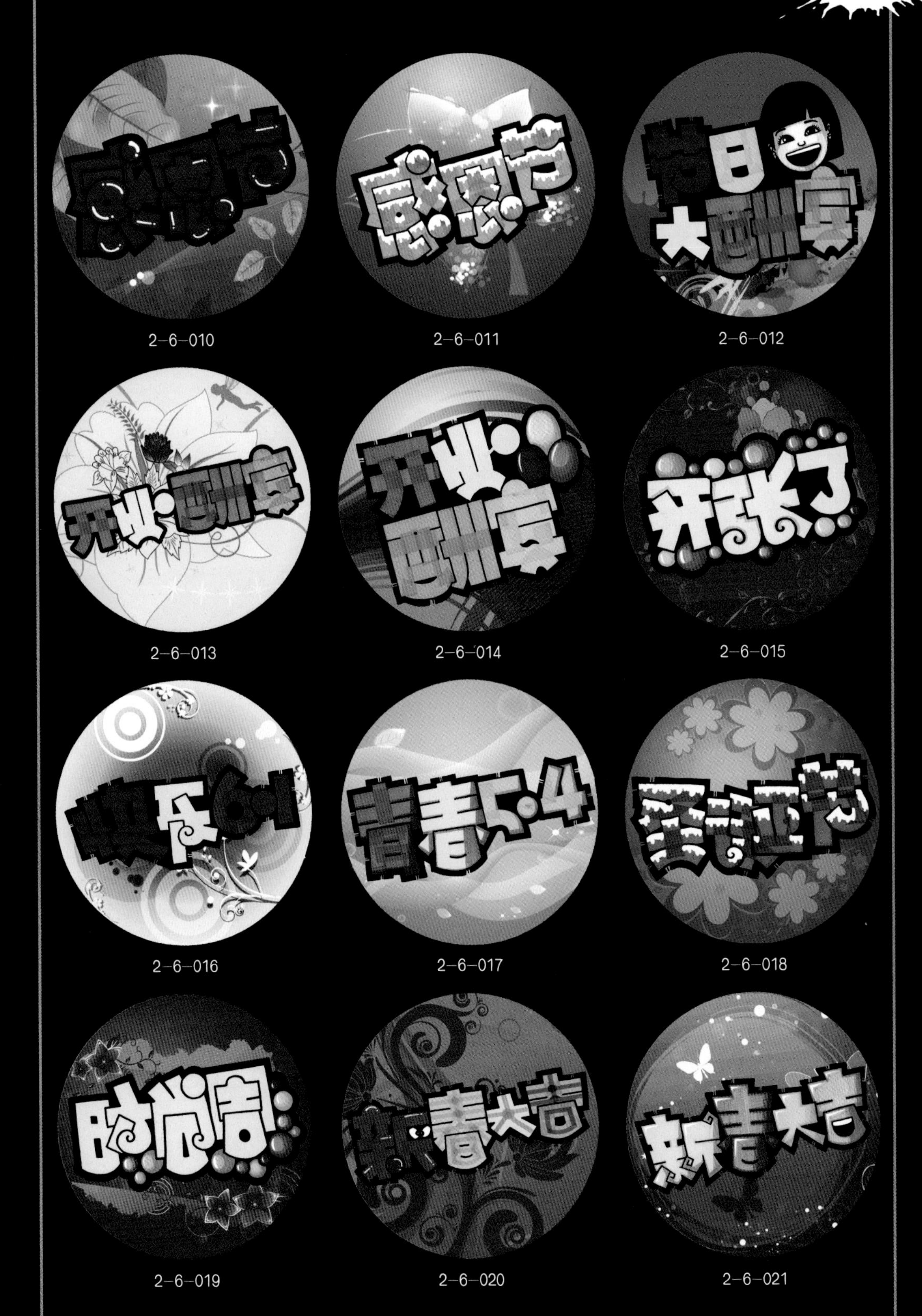

2-6-010 2-6-011 2-6-012

2-6-013 2-6-014 2-6-015

2-6-016 2-6-017 2-6-018

2-6-019 2-6-020 2-6-021

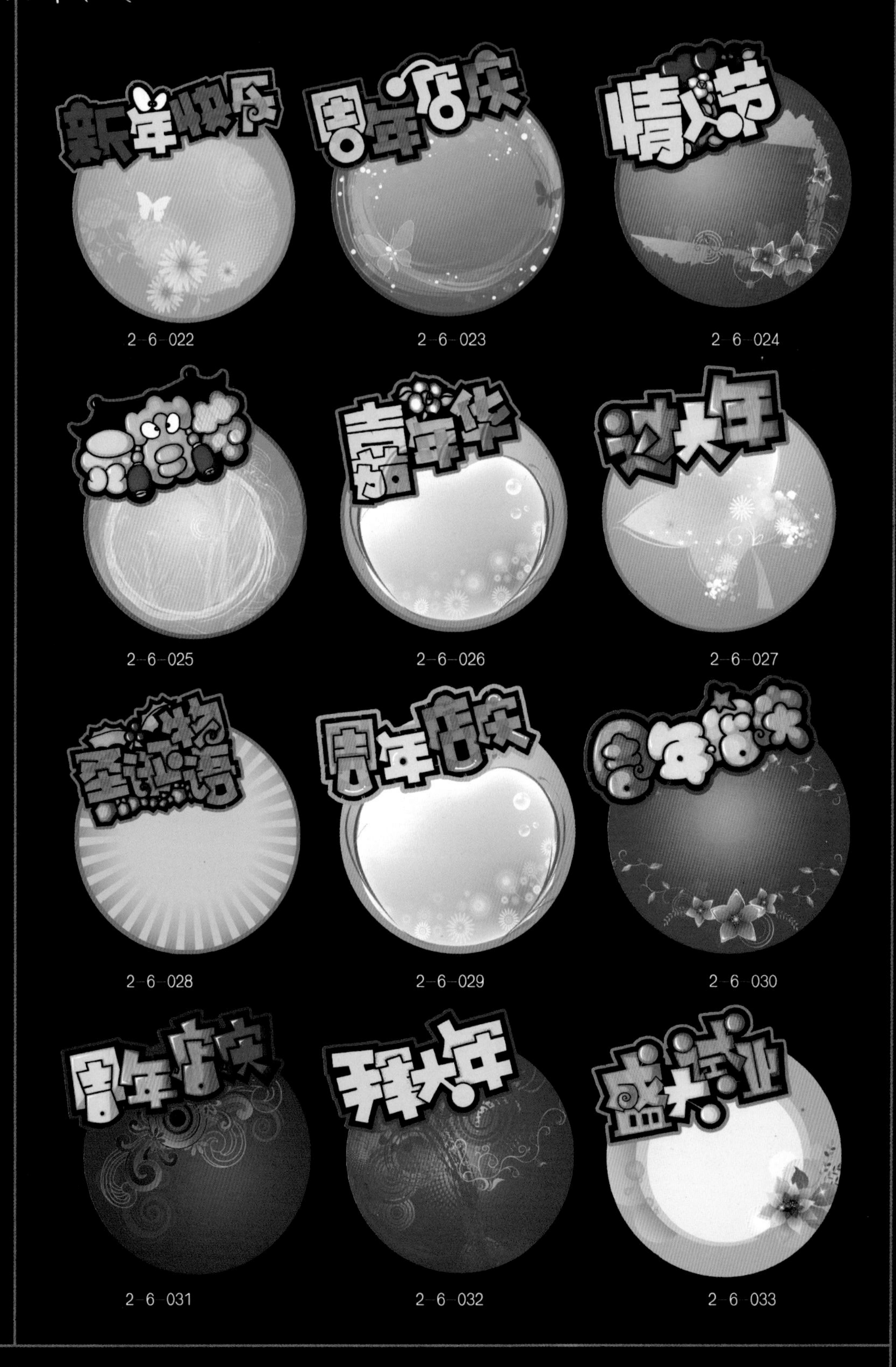

2-6-022 2-6-023 2-6-024

2-6-025 2-6-026 2-6-027

2-6-028 2-6-029 2-6-030

2-6-031 2-6-032 2-6-033

2-6-034

2-6-035

2-6-036

2-6-037

2-6-038

2-6-039

2-6-040

2-6-041

2-6-042

2-6-043

2-6-044

2-6-045

2-6-046

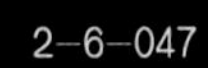
2-6-047

2-6-048

2-6-049

2-6-050

2-6-051

2-6-052

2-6-053

2-6-054

2-6-055

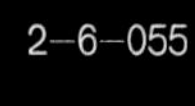

2-6-056

2-6-057

2-6-058

2-6-059

2-6-060

2-6-061

7.提示类爆炸签

提示类爆炸签常用的主题有：小心碰头、小心地滑、小心轻放、小心扒窃、向左转、向前行、向右转、请绕行、顾客止步、请存包、禁止吸烟、禁止喧哗、禁止停车、禁止入内、停车提示、请勿讲价、谢绝讲价、谢绝议价、一口价、温馨提示、好消息、小公告、警告、敬告、告示、广而告之、特大喜讯、休息中、午休中、施工中、装修中、闭店装修、会员须知、顾客须知、请您注意、收费须知、节约用水、注意卫生、活动方案、促销方案等。

2-7-001

2-7-002

2-7-003

2-7-004

2-7-005

2-7-006

2-7-007

2-7-008

2-7-009

2-7-010

2-7-011

2-7-012

2-7-013

2-7-014

2-7-015

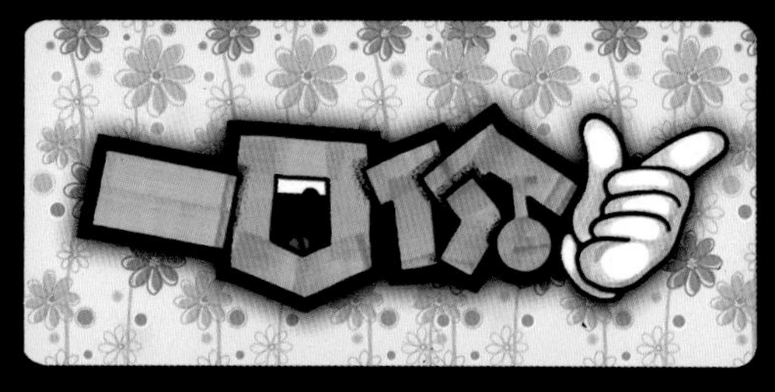

2-7-016

2-7-017

2-7-018

2-7-019

2-7-020

2-7-021

2-7-022

2-7-023

2-7-024

2-7-025

2-7-026

2-7-027

2-7-028

2-7-029

2-7-030

2-7-031

2-7-032

2-7-033

2-7-034

2-7-035

2-7-036

2-7-037

2-7-038

2-7-039

2-7-040

2-7-041

2-7-042

2-7-043

2-7-044

2-7-045

2-7-046

2-7-047

2-7-048

2-7-049

2-7-050

2-7-051

2-7-052

2-7-053

2-7-054

2-7-055

2-7-056

2-7-057

2-7-058

第三章　海报

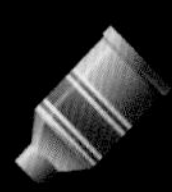

1.种类及规格

商业促销POP中，POP海报的使用率是极高的，与商品销售和商家促销密不可分，POP海报的种类很多，我们可以根据不同的需要来选择不同形式的POP海报，也可以根据不同的商品选择不同的型号，下面就让我们了解一下卖场里常用的POP海报几种类别及其规格。

POP海报常用的种类有气氛类、标价类、折扣类、季节类、节庆类五种。每个种类的海报基本以八开（260mm×370mm）、四开（380mm×520mm）、两开（520mm×760mm）三个规格为主。

A.气氛类海报

气氛类海报主要以烘托和营造卖场购物氛围为主，如“新款上市”、“全场热卖”等，简捷的且富有煽动性文字和醒目的背景图案为主要组成元素。

气氛类海报主要有两种，第一种是以渲染气氛为主的纸制成品，第二种是海报印刷品上留有空间，方便商家在上面书写各类促销信息。

印刷好的成品POP海报

需要后期书写内容的POP海报

B.标价类海报

标价类海报主要以标明商品价格为主，所以其内部要留出适当的空间书写数字。标价类海报通常有横版和竖版两种，其规格和尺寸不变。

横版POP海报里的标题字大多放在最上方比较醒目的位置。

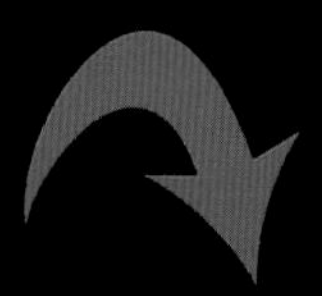

在空白部分可以书写商品的名称、规格、性能、价格等信息。

C.折扣类海报

折扣类海报主要以标明折扣为主，所以其内容要留出适当的空间书写代表折扣的数字。折扣类海报也有横版和竖版两种，其规格和尺寸不变。

横版POP海报里的标题字大多放在最上方比较醒目的位置。

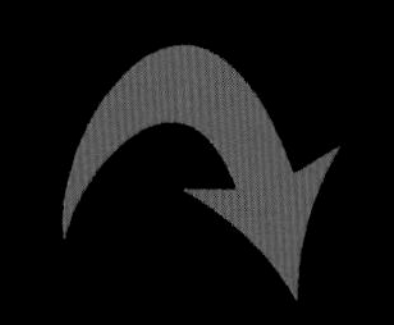

在空白部分可以书写商品的名称、规格、性能、折扣等信息。

D.季节类海报

季节类海报主要以季节性的商业促销内容为主，比如“春装上市”、“夏日倾情”等，可以以主题的形式表现，也可以在内部书写相应的内容。

E.节庆类海报

节庆类海报主要以各种节日为主题进行商品促销的宣传，比如“儿童节特惠”、“妇女节促销”等，可以以主题的形式表现，也可以在内部书写相应的内容。

2.气氛类海报

气氛类海报较常用的主题有：新款、新款上市、新品、新品上市、挥泪甩卖、挥泪拍卖、拍卖狂潮、低价狂潮、抢鲜上市、抢便宜、大抢购、抢购风暴、抢购中、赔钱卖、热情上市、热情推出、热情登场、热情推荐、贴心特卖、倾情回馈、回馈特卖、跳楼拍卖、新出品、新制品、促销品、赠品、推荐品、店长推荐、畅销产品、大放送、大赠送、大甩卖、狂甩中、大折扣、特卖会、精品、特卖品、上市啦、好礼送、火热上市、火热推出、火热促销、火热抢购、特价商品、粉墨登场等。

3-2-001

3-2-002

3-2-003

3-2-004

3-2-005

3-2-006

3-2-007

3-2-008

3-2-009

3 2 010

3-2-011

3-2-012

3 2 013

3-2-014

3-2-015

3-2-016

3-2-017

3-2-018

3-2-019

3-2-020

3-2-021

3-2-022

3-2-023

3-2-024

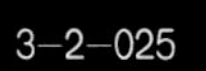
3-2-025

3-2-026

3-2-027

3-2-028

3-2-029

3-2-030

3-2-031

3-2-032

3-2-033

3-2-034

3-2-035

3-2-036

3-2-037

3-2-038

3-2-039

3-2-040

3-2-041

3-2-042

3-2-043

3-2-044

3-2-045

3-2-046

3-2-047

3-2-048

3-2-049

3-2-050

3-2-051

3-2-052

3-2-053

3-2-054

3-2-055

3-2-056

3-2-057

3-2-058

3-2-059

3-2-060

3-2-061

3-2-062

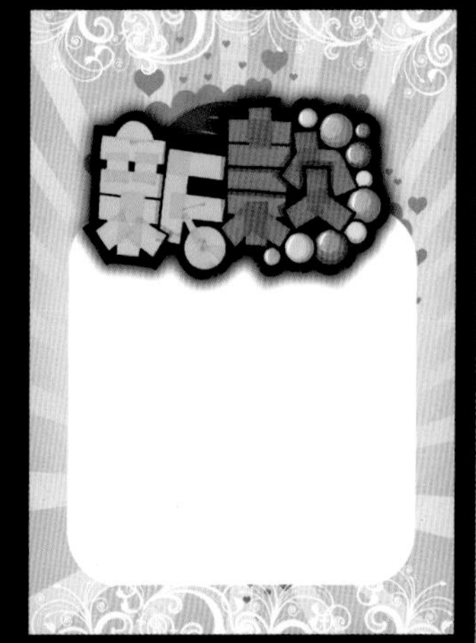

3-2-063

3-2-064

3-2-065

3-2-066

3-2-067

3-2-068

3-2-069

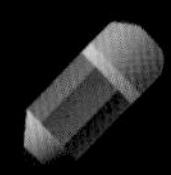

3.标价类海报

标价类海报较常用的主题有：特价、大特价、天天特价、每日特价、特价时代、特价潮、特价风暴、心动特价、每周特价、超特价、超级特价、超低价、超值价、促销价、惊爆价、惊喜价、震撼价、批发价、大减价、会员价、热卖价、一口价、劲爆价、清仓大减价、最低价、天天平价等。

3-3-001

3-3-002

3-3-003

3-3-004

3-3-005

3-3-006

3-3-007

3-3-008

3-3-009

3-3-010

3-3-011

3-3-012

3-3-013

3-3-014

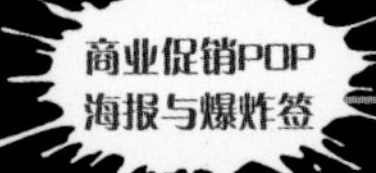

3-3-015

3-3-016

3-3-017

3-3-018

3-3-019

3-3-020

3-3-021

3-3-022

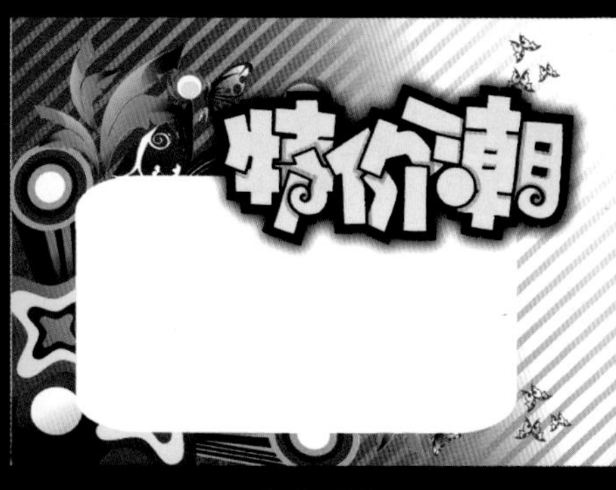

3-3-023

3-3-024

3-3-025

3-3-026

3-3-027

3-3-028

3-3-029

3-3-030

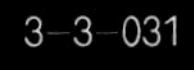
3-3-031

3-3-032

3-3-033

3-3-034

3-3-035

3-3-036

3-3-037

3-3-038

3-3-039

3-3-040

3-3-041

3-3-042

3-3-043

3-3-044

3-3-045

3-3-046

3-3-047

3-3-048

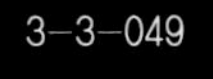

3-3-049

3-3-050

3-3-051

3-3-052

3-3-053

3-3-054

3-3-055

3-3-056

3-3-057

3-3-058

3-3-059

3-3-060

3-3-061

3-3-062

3-3-063

3-3-064

3-3-065

3-3-066

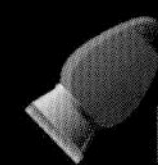

4.折扣类海报

折扣类海报常用的主题有：大折扣、心动大折扣、折扣中、低折扣、折扣、折上折、打折啦、折扣日、折扣月、折扣周、折扣商品等。

3-4-001

3-4-002

3-4-003

3-4-004

3-4-005

3-4-006

3-4-007

3-4-008

3-4-009

3-4-010

3-4-011

3-4-012

3-4-013

3-4-014

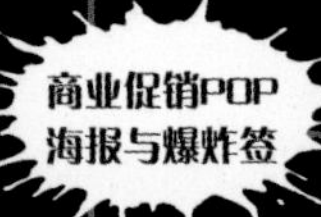

3-4-015

3-4-016

3-4-017

3-4-018

3-4-019

3-4-020

3-4-021

3-4-022

3-4-023

3-4-024

3-4-025

3-4-026

3-4-027

3-4-028

3-4-029

3-4-030

3-4-031

3-4-032

3-4-033

3-4-034

3-4-035

3-4-036

3-4-037

3-4-038

3-4-039

3-4-040

3-4-041

3-4-042

3-4-043

3-4-044

3-4-045

3-4-046

3-4-047

3-4-048

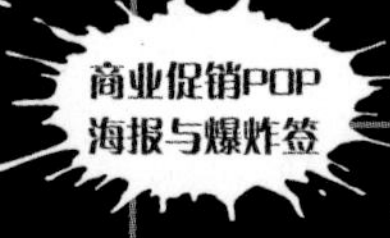

5.季节类海报

季节类海报较常用的主题有：春季新款、春装上市、春季热卖、春装登场、春季拍卖、春季新货、春日倾情、春意盎然、夏季新款、夏装上市、夏季热卖、夏装登场、夏季拍卖、夏季新货、夏日倾情、盛夏的果实、清凉夏日、清凉一夏、火热夏季、热情夏日、秋季新款、秋季热卖、秋装登场、秋季拍卖、秋季新货、秋日情怀、秋天的收获、浪漫秋季、深秋热卖、冬季新款、冬装上市、冬装登场、冬季新货、冬日倾情、温暖寒冬、冬季拍卖、冬季清仓、换季了、换季拍卖、换季清仓、季末出清、季末甩卖、季末促销、季末狂甩等。

3-5-001

3-5-002

3-5-003

3-5-004

3-5-005

3-5-006

3-5-007

3-5-008

3-5-009

3-5-010

3-5-011

3-5-012

3-5-013

3-5-014

3-5-015

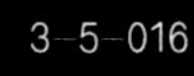
3-5-016

3-5-017

3-5-018

3-5-019

3-5-020

3-5-021

3-5-022

3-5-023

3-5-024

3-5-025

3-5-026

3-5-027

3-5-028

3-5-029

3-5-030

3-5-031

3-5-032

3-5-033

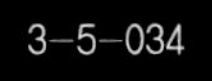
3-5-034

3-5-035

3-5-036

3-5-037

3-5-038

3-5-039

3-5-040

3-5-041

3-5-042

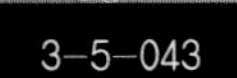

3-5-043

3-5-044

3-5-045

3-5-046

3-5-047

3-5-048

3-5-049

3-5-050

3-5-051

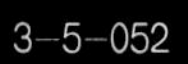
3-5-052

3-5-053

3-5-054

3-5-055

3-5-056

3-5-057

3-5-058

3-5-059

3-5-060

3-5-061

3-5-062

3-5-063

3-5-064

3-5-065

3-5-066

3-5-067

3-5-068

3-5-069

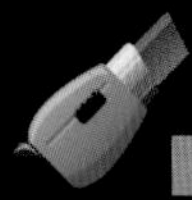

6. 节庆类海报

节庆类海报里节日较常用的主题有：春节好、新年好、新年快乐、新春大吉、情人节、元宵节、三八妇女节、愚人节、清明节、劳动节、青年节、母亲节、儿童节、父亲节、端午节、建军节、教师节、中秋节、国庆节、重阳节、万圣节、感恩节、圣诞节等，另外，还有一些不是很主要的节日也比较常用，如冰雪节、冰雕节、动漫节、爱你日、爱眼日、电影节、螃蟹节、啤酒节、读书节等。

节庆类海报里庆典较常用的主题包括：生日庆典、开业庆典、周年庆典、结婚庆典、乔迁庆典、电影首映庆典、毕业庆典、开学庆典、酬宾庆典、重大事件庆典（如奥运会、香港回归、亚运会、世博会、申遗成功）等，另外，还有一些以商家为主的庆典题材，如嘉年华等。

3-6-001

3-6-002

3-6-003

3-6-004

3-6-005

3-6-006

3-6-007

3-6-008

3-6-009

3-6-010

3-6-011

3-6-012

3-6-013

3-6-014

3-6-015

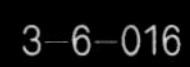

3-6-016

3-6-017

3-6-018

3-6-019

3-6-020

3-6-021

3-6-022

3-6-023

3-6-024

3-6-025

3-6-026

3-6-027

3-6-028

3-6-029

3-6-030

3-6-031

3-6-032

3-6-033

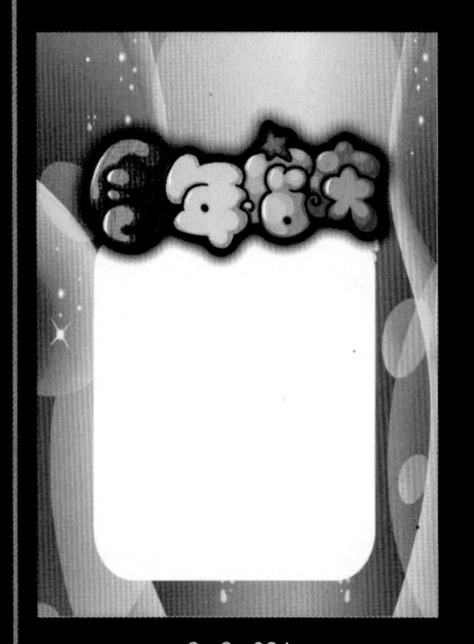

3-6-034

3-6-035

3-6-036

3-6-037

3-6-038

3-6-039

3-6-040

3-6-041

3-6-042

3-6-043

3-6-044

3-6-045

3-6-046

3-6-047

3-6-048

3-6-049

3-6-050

3-6-051

3-6-052

3-6-053

3-6-054

3-6-055

3-6-056

3-6-057

3-6-058

3-6-059

3-6-060

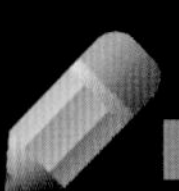

附：书写技巧

商业促销POP海报和爆炸签对于商家产品的促销起着主导性的作用，对于其应用也有一些方法和技巧，下面就让我们了解一下海报和爆炸签的书写技巧。

一、爆炸签的书写技巧

我们通常应用的爆炸签有很多种类，其中最为常用的就是直接在上面书写内容和填充数字。

直接书写在爆炸签里的数字内容通常用红色马克笔书写，其他部分文字可以直接用黑色马克笔书写。

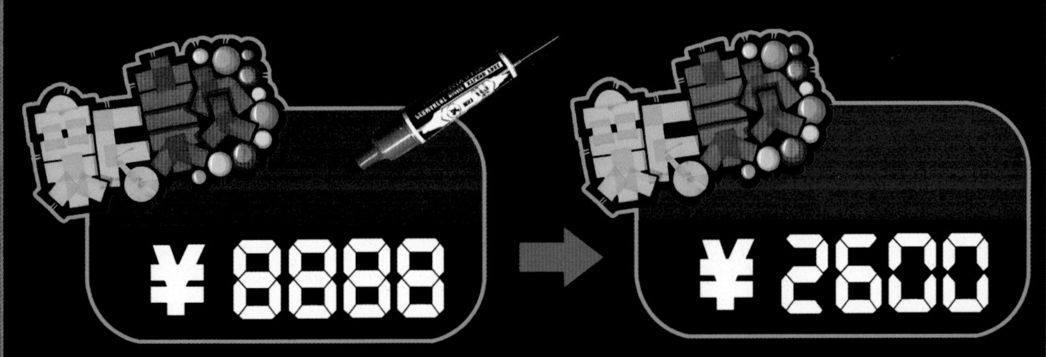

填充数字的爆炸签如果底色是黑颜色，我们就采用黑色马克笔填充不需要的部分即可。

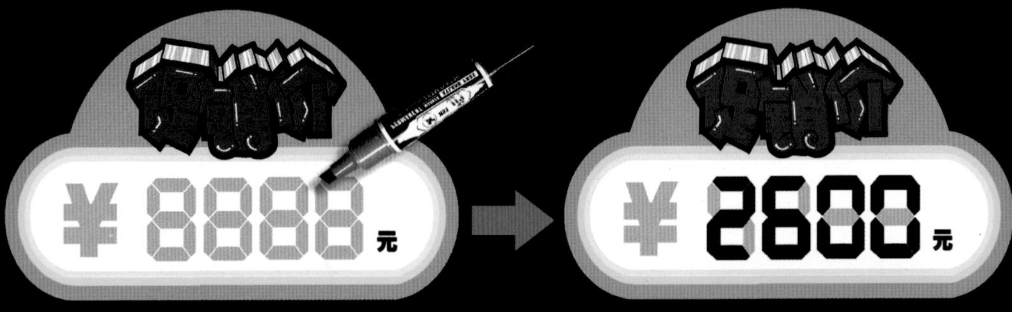

填充数字的爆炸签如果底色是白颜色，我们就采用黑色马克笔填充需要的部分即可。

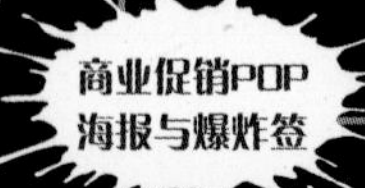

二、海报的书写技巧

我们在书写海报的时候，需要应用一些不同型号的马克笔，比如数字部分为了醒目和突出，我们可以采用20mm马克笔进行书写，其他部分可以直接用4mm马克笔书写。

在印刷好的POP海报上直接书写内容方便、快捷，而且书写者不需要有美术基础，只要会书写数字和标准的POP字体即可，并且应用的工具也十分简单，只需要一支20mm的红色油性马克笔和几支不同颜色4mm的马克笔即可，可以说成本较为低廉，达到的广告效果最为理想的一种海报形式。

海报中的商品名称、性能等直接用4mm的蓝色马克笔书写。

海报中的数字或价钱直接用20mm的红色油性马克笔书写。

海报中的“特价”、“元”等直接用4mm的黑色马克笔书写。